著 みかみてれん
画 竹嶋えく
わたしが恋人に
なれるわけないじゃん、
ムリムリ！
（※ムリじゃなかった!?）
lovers?
JN020498

「どうやら私は、君をひとりの女性として
好きになってしまったようだ」
王塚真唯
おうづかまい
容姿完璧、文武無敵の
パーフェクト女子高生。
非の打ち所がなく、
異名は『スパダリ』。

「はっ?」
甘織れな子
あまおりれなこ
高校デビューに
大成功した女の子。
根は陰キャ。
中学時代はぼっちだった。

真唯グループが
集まると、
教室の一角が輝きだす。
他のメンバーも、
誰からも一目置かれる
存在だしね。
「……あなたそんなに
面白い感じだったかしら」
もとい、わたし
以外はな!
琴紗月
黒髪美人の
文学少女。

「急に褒められても、
笑顔ぐらいしか
出ないよ？」
小柳香穂
こやなぎかほ
グループの
マスコットで妹的存在。
「あたしマイ推しだし！」
瀬名紫陽花
せなあじさい
ほんわかオーラが漂う
クラスの大天使。

「愛している、れな子」

「友達相手に、なに、言ってんの……」

CONTENTS

WATANARE

ダッシュエックス文庫

わたしが恋人になれるわけないじゃん、ムリムリ！（※ムリじゃなかった!?）

みかみてれん

プロローグ

ほんと、もう、ムリ。

お昼休み。わたしは限界まで潜（もぐ）った水中から顔を上げるみたいに「あのさ！」と、大きな声を出した。会話を中断した八つの目がこちらを向く。

「なになに？」「どーかした？」「……」「れなちゃん？」

うっ……。

その中のひとり、我が校のトップスターである王塚真唯（おうづかまい）とだけは決して目を合わせないようにして、手を上げる。

「ごめん！　わたし、あの、えと、ちょっと急な用事があって……ごはんはみんなで食べてて！　ごめん、ごめんね！　またあとでね！」

口早に言い放ち、わたしは教室を飛び出した。

あああ、ぜったい不審人物に思われた。

でも、わたしは限界だったのだ……。

廊下を早歩きで進んでゆく。人気（ひとけ）のない踊り場についた途端、スカートがめくれるのも構わず駆け足で階段を一足飛びに昇った。

風を感じながら、目指す先は屋上。誰もいない、わたしだけの場所。

鉄扉に鍵を差し込み、開け放つ。ようやく視界が開けた気がした。

青空の下、いっぱいに息を吸い込む。

ああ、よかった。酸素を取り込んだわたしの細胞が喜んでいる。

後ろ手にドアを閉めてから、のたのたと端まで到達。胸ぐらいまでしかない低いフェンスに指を引っかけて、もたれかかる。

校内の喧騒（けんそう）ははるか遠くから聞こえてくるみたいで、ここはまるで別世界。

生き返る～～……。

そのままずり下がっていき、わたしはコンクリの上に膝（ひざ）をついた。

「やっぱひとりになれないのって、ムリだよね～……」

ここ二ヶ月でつくづく実感した。わたしはどんなにがんばったところで、コミュ障の陰キャなのだ、と。

わたし――甘織（あまおり）れな子は、高校デビューに大成功した高校一年生だ。

中学生のわたしは、人生のド素人（しろうと）もいいところだった。

友達付き合いでやらかしちゃったせいで、学校に居場所がなく、ぼっちまっしぐら。

寂しいくせになんでもない顔をして、『わたしは好きで独りでいるんですけど？』といった態度を装って、コソコソと学校に通っていた。

そんなある日。そういえば小学校生活は楽しかったよなあ、あの頃のみんな、なにしているかなあ、ってＳＮＳとか検索してみると、意外と何人か見つかりまして。

あ、懐かしー、久々に連絡でも取ってみるかな、なんてのんきに考えていたんだけど。

もう、ムリムリ。わたしが声をかけられるような人種じゃなくなってた。

夜中、ベッドで毛布に包まって見つめたスマホの中。

やれ原宿にパンケーキ食べに行ったとか、渋谷に服買いに行ったとか、誰々クンが気になっているとか、きょうも部活で大変だったけど今年こそインターハイ出たいとか。

当時の友達たちは、めちゃくちゃキラキラしてて、目が潰れるかと思った。

みんな、別人みたいになってる……。

もう住む世界が違うんだなあ、なんてしみじみ思う暇すらなかった。

ボサボサ頭にパジャマ姿の我が身を省みて、思う。

あれ……わたし、やばじゃない……？

——とてつもない、危機感！

だってこのままじゃ、高校生になってもぜったいに変わらないでしょわたし。

世間のトレンドから置いてかれて、なにもしないまま大人になって、就職して、ソシャゲのスタミナを惰性で消化するみたいな人生を送るでしょ……？

いや、それは……。

さすがに……さすがにヤだあ！

かなりリアリティある未来予想図に泣くどころか吐き気を覚えつつ、わたしは起き上がった。

『リア充　陽キャ　なり方』で検索し、やばいやばいと口走りながら画面を睨みつけた。

甘織れな子は、きょうから変わるんだ！

かわいい子のグループに所属し、恋バナで盛り上がり、放課後は寄り道でデパコスなんかを物色。ステキな恋人も作っちゃうような、最高の高校生活を送るために！

——そんな決意のもと、わたしはけっこう努力した。

見た目を整え、話し方を変えて、姿勢を正して、笑顔を身につけた。形のいびつだった粘土をこねこねするみたいに、ようするに真人間っぽくなっていった。

知り合いのいない地元から離れた共学の高校を受けて、人生再スタートを目指した。合格した。だばだば泣いた。

高校入学の日には『やるじゃんお姉ちゃん』と陽キャ代表みたいな妹にもお墨付きをもらったし、『あらあら、いいわね。うん、すごいまともだわ』とお母さんも安心してくれた。

中学時代は不登校気味で迷惑かけてごめん。

れな子、ちゃんとクラスに馴染(なじ)んで、立派な量産型女子になるからね！

備えて挑んだ入学式。

リア充陽キャを目指すぞー！　と意気込むわたしに、運命的な出会いがあった。

有名デザイナーの母をもち、本人もプロのモデルをやってるスーパー高校生。王塚真唯さんと同じクラスの、しかも近い席になれたのだ。

王塚さんは金髪碧眼(へきがん)のクォーターで、しかもめちゃくちゃ美人だから、とんでもない存在感があった。その美貌には、クラス中の誰もが見惚(みと)れるほど。ナントカ王国のお姫様がお忍びで高校に通い始めたのか……？　とクラスはざわついた。

ていうかこの人、わたしも雑誌で見たことあるんだけど！　げげげ芸能人じゃん！

当時のわたしはまだ、高校デビューにかける情熱が燃えていた。最強の高校生活を送るために、一番いい環境を手に入れようとしたのだ。王塚さんの隣だ！

『へへ、初めまして、甘織れな子って言うんだけどー……えと、お友達になりませんか⁉』

恐れを知らぬ庶民の首を刎(は)ねるでもなく、王塚さんは太陽のように笑った。

『もちろんだとも。こちらこそ、話しかけてきてくれてありがとう。よろしく、れな子』

やばかった。笑顔ひとつでノックアウトされるところだった。

これが日本トップレベルの美少女。そんな人に、家族以外では小学生以来の下の名前呼びされたんだよ。

もうファンになっちゃうしかなくない⁉

とまあ、初日の会話がきっかけで、わたしは王塚真唯のグループに所属することができてしまった。

五人の女子が集まった王塚グループは、当然スクールカースト最上位に据え置かれ、そこは王塚さんにも対等に話しかけられるような超絶陽キャの集まる人外魔境と化した。

当時のわたしは『わーい、友達みんな性格もすっごくかわいい子だー！』と浮かれてた。この先に待つ、自分の悲しい未来も知らず……なんと愚かな、れな子……。

すべてが順風満帆(まんぱん)だった。どこにいても、王塚さんの華々しい噂話(うわさばなし)が聞こえてくる。

『ていうか女子的に王塚さんってどうなん？　いや、男子的にはもう史上最強の顔面って感じだけど』

『え、なんか世界観が違いすぎて、ああきょうも王塚さんはキレイだなあ、ピカピカしているなあ……としか思わないかな』

『いろいろ超越してるファンタジーな存在だよね。しかも意外と気さくに話しかけてくれるし……城下を視察に来た、みんなに好かれてる王女様って感じ！』

男子も女子もみんな王塚さんに夢中で、わたしはそんな王塚さんにいつでも話しかけられる立場にある……。これが陽キャでなくて、なんだというのか！
ちなみに、芦ケ谷高校において、三日と経たずに自らの王国を作り上げた王塚さんには、『スパダリ』の異名が与えられていた。
スパダリ。通称スーパーダーリン。少女漫画とかに登場する、完全無欠の男子に与えられる異名だ。(ダーリンは海外では性別関係なく愛しい人の呼び名なので、別に王塚さんでも間違ってはいない)
そんな、きょうも芦ケ谷高校に恋の花を咲かせ続ける王塚さんと同じグループだなんて、わたしは幸せものだ。朝起きて、学校に行くのが楽しみになるなんて、初めて！

で、始まって二ヶ月。

キラキラとした夢のような日々は、軽やかに流れてゆく。

憧れていた生活が、カンペキな形で手に入ったわたしは……。

わたしは……。

あっという間に、限界を迎えた……。

すべては身の丈に合わないトップカーストに所属してしまったがゆえの惨事。

わたし以外の四人はとてもかわいくて、話が面白くて、頭の回転が速くて、上手に空気を読んでいた。人間力の偏差値が75ぐらいあった。

偏差値35ぐらいのわたしが、どうやって彼女たちに合わせて学園生活を送っていたのか。その秘訣とは！

……『とにかく、めちゃくちゃがんばる』だった。

相槌ミスらないように気をつけた。めまぐるしく変わるテンポいい会話に置いていかれないように集中した。必死に笑顔を作った。

結果——家に帰ったらマジックポイント切れでベッドに倒れ込む有様！　ようこそ、夜寝る前に一日の行動を思い返して自分の失点を数えて反省する日々！

あれ……これがわたしの求めていた陽キャライフ……？　大好きなベッドの中、虚無の顔で考え込む。白鳥の群れに一羽まざってるアヒルの子みたいなんだけど……。

考えるまでもなく、答えは自明の理だった。そう、陰キャがたった二ヶ月で陽キャになれるわけない……のである……。あまりにも夢のない話……。

それでも無理してみんなと一緒にいたかったわたしは、がんばり続け、いつしか酷使されたスマホみたいに頭があっつくなっちゃって。

——そしてきょう、ついに作動不良を引き起こしてしまったのだ。

グループを飛び出して屋上のフェンスに寄りかかったわたしは、目を細めて空を仰ぐ。

「はー……風、涼し……」

ここには誰もいない。周りの顔色を窺う必要もない。

フェンスが低くて立ち入り禁止になるぐらい本来は危ない場所のはずだけど、わたしにとっては天国も同然。脳は放熱モードになる。なんにも考えなくていいんだから。

その、あまりにも魂抜けたような目で、口を半開きにして、全身からぐったりと力を抜き、遠く彼方を眺めている最中のことだった。

一応、わたしもモテグループの一員なので、教室ではこんな顔できないけど、今はここに誰もいないから――と、完全に油断し切っていた。人間のスイッチをオフにしてた。

後ろでドアの開く音がした。

……ドア？　なんで？

ここの鍵は、王塚真唯の友達グループの一員として信頼されてるわたしが、先生のお手伝いをして借り受けたものなのに……。

虚ろな目のまま、ゆっくりと振り返る。

屋上ドア付近に、ハッとしてこちらを見つめているきらびやかな女子が立っていた。

長い金髪をなびかせた長身の美女なんて、この学校にひとりしかいない。月からでも肉眼で見つけられそうなほど輝いているスーパー女子高生――王塚真唯だ。

スカートから伸びた脚はあまりにも長く、無駄な肉づきはまるでない。腰の細さなんて常にコルセットで締めつけているかのよう。

頭の小ささが全体のバランスを際立(きわだ)たせて、どんなときでも絵になる美人、なんだけど。

彼女はこれ以上ないほどに切迫した表情で、屋上の床を蹴った。

「れな子、いけない！」

「え？」

スローモーションで、王塚さんがこちらに近づいてくる。両手を伸ばしてくるその圧にたいへんビビったわたしは、思わず逃げ出そうと両腕に力を込めて。

ぐい、とフェンスを乗り越えてしまった。

「あ」

体がつんのめり、前に傾く。フェンスの向こう側へと滑り落ちていく。

こ、これは。

眼下には校舎裏の地面が広がっていて。

ひょっとして落ちる？　このまま落ちる？　十数メートル下の地面に頭から落ちちゃう??

『現代社会の闇、人間関係に疲れた女子高生の悲劇！』の見出しが一面飾っちゃう!?

今まさに、屋上から投げ出されそうになった、そのときだった。

何者かががっしりとわたしの足首を摑んだ。

「っ、この私の見ている前で、そんな真似を――させるものか！」

「お、王塚――」

彼女はフェンスを踏み越えて、そのままわたしを抱いたまま空中に身を投げ出した。

「――さぁん!?」

浮遊感、のち落下。

って、王塚さんも一緒に落ちてない!?

「もう大丈夫だ、れな子」

「今まさに落ちているんだけど!?　なんで跳んだ!?　踏み切った!?」

「心配するな」

わたしを抱きしめてっていうか羽交い締めするみたいに固定した王塚さんの、落ち着き払った声が耳元から聞こえてくる。

飛び降りている真っ最中にこの余裕っぷり。まさかこいつ、飛べるのか？

「この王塚真唯が一緒なら、助かるに決まっているだろう。私は運がいいんだ」

「運のよさとかＲＰＧでいちばん役に立たないステータスじゃんー！」

ガサガサガサガサという音とともに、全身に衝撃が走った。木に引っかかったと気づいたのは、直後のことだった。

落ちてきた羽毛布団みたいな感じで、地上三メートルほどの高さの枝に、くの字になって引っかかったわたしがゆっくりと顔を上げる。

い、生きてる……。

「ほら、助かっただろ……。なんてことは、なな、なんてことはないさ」

王塚真唯は同じ枝のちょっと上、涼しい顔で優雅に足を組んで座っていた。ここだけまるでプールサイドのデッキチェアーみたいだ。

「声、震えてるけど……」

「下に木が生えているのは知っていたから、どうにか勢いをつければ助かると思っていたんだよ。あとは私の運がよくてよかった」

「その考えで生きてると、いつかぜったいちゃんと死ぬと思う……」

屋上から落下したのに、手足が擦り傷だらけなだけで済んだわたしも奇跡的なんだと思うんだけど、なんで王塚さん無傷なの……。

心臓はまだドキドキしてる。

てか、あやうく漏らしちゃうところだった。

屋上からの紐なしバンジー、こわすぎる。

「生きててよかった……」

思わずため息をつくと、王塚さんはそうだろうそうだろうとばかりにうなずいた。

「ともあれ、どこか様子のおかしかった君を追ってきて正解だった。こうして君を助けることができたんだからな」

その美しく柔和な唇をほころばせて、心から安堵を浮かべる王塚さん。

なんだけど……大きな誤解がある……。

「いや、あの……わたし、別に飛び降りるつもりとか、なかったんだけど……」

顎に手を当てて微笑んでいた彼女が「ん？」と顔を上げた。

「では、あの時の思いつめた表情は？」

「ただ気を抜いていただけで」

「それであんな顔を……？」

王塚さんは信じられないような目でわたしを見ていた。わたしのぼーっとした顔、飛び降りそうなほど、絶望色に見えちゃうわけ……？

「しかし実際に君は、フェンスを乗り越えたじゃないか」

「いや、王塚さんが追いかけてきたから、逃げなきゃ、って思っちゃって……」

「なるほど」

「……それでつい、バランスを崩して」

「つまり」

芦高の天照大御神は、顔を手で覆ってセルフ岩戸隠れした。

「私が君を追い詰めなければよかったんだな……君を危険に晒してしまったのは、すべて私のせいで……私のせいで君は危うく死ぬところだったのか……」

「ああっ！　でも、心配してくれたのは嬉しいっていうか！　その、もともと王塚さんがやってこなかったら落ちることもなかったんだけど！」

わたしの余計な一言で、王塚さんがさらに背を丸めた。

「そうかすべて私の勇み足だったのか……」

「いや、そういうことを言いたいんじゃなくて！　ええとあのその」

枝からずりずりと這い上がりながら、テンパって言葉を探す。こういうときにすらりといいことを言えるような人間だったら、そもそも屋上に行くこともなかったんだけどさ！

「別に王塚さんが悪いってわけじゃなくて、誰も悪くないっていうか、そもそも原因はわたしにあるというか」

喋れば喋るほど、王塚さんが身にまとうキラキラの粒子が、光を失っていく気がする。

ああぁ、もうこうなったら。

「あの、わたしは！」

目をつぶって、叫ぶ。

「大勢の輪に入って人と話すのが苦手でして！」

細かいコミュニケーションをぜんぶすっ飛ばして語るわたしに、王塚さんは顔を上げてその大きな目を瞬かせた。

「話すのが、苦手？　いつも元気で明るく振る舞っている君がか？」

「しゃべるたびに、マジックポイントを消費しているんですよお！」

マジックポイント？　と軽く首を傾げられた。王塚さんはゲームをしないタイプの人種のようだ。なにからなにまで伝わらない！

「わたしは会話力が低いので！　ほんっとに集中してないと、バスケの高速パス回しみたいな会話にぜんぜんついていけなかったり！　急な沈黙がこわくなってべらべらとどうでもいいことを喋って、人のターンを奪ったりしちゃうの！」

「？」

「ぜんぜんピンときてない!?　そういうのあるでしょ！　いちいち気にしてベッドの中で大反省会が始まって、眠れなくなったり……ないの!?　すごいなあ！」

最後の賛辞は心からのものだった。コミュ強はそういうの素でやってて、ほんとにすごいと思う。わたしにはできない。

「だから、疲れてあんなところにまで逃げ出してきて、息継ぎするみたいにひとりの時間を噛みしめていたの！　そうしないと死んじゃうのわたし！」

ぜえぜえと息を荒らげる。

飛び降りて死にかけた人間が言う『死んじゃう』はそれなりに説得力があったようだ。欠点ひとつないミス・パーフェクトは、儚げに微笑んでいた。

「なるほど。では、私は君にムリまでさせていたのだな。すまない、君も楽しんでくれているものだと思っていた。まさかそこまで思いつめていたとは、本当に、すまない……」

「違うんです！」

そうだよね！　苦手なんて言えば、気を遣われるの当たり前だよね！

意図せず王塚さんの罪悪感に火をつけたうえに、油を注いでしまった。王塚さんの袖を思わず摑む。

「話すのは好きなんです！　ただ、すっごくがんばらなきゃいけないっていうか！　楽しいは楽しいんだよ！　でも、そう、スポーツ的なもので！　楽しいけど疲れるって感覚！　わたしは、みんなみたいにうまくできないから！」

と、訴えたところで、こっちの勢いに黙り込んでしまった王塚さんに気づいて、我に返る。

ああああ、わたしなにやってんだろ……王塚さん、ドン引きしてるじゃん……。

これはきょうの特大反省会で、朝五時コース……。

王塚さんは困惑を色濃く瞳に浮かべながら、それでもか細い糸をたぐり寄せるみたいに口を開いた。

「なるほど、そうか。君の気持ちがわかる……などと胸を張って言うのは傲慢だろう。しかし、私も似たような気分になるときはある」

わたしに話を合わせてくれているんだろうか……と思いつつも。

そうじゃないみたいだ。

王塚さんはもうわたしのほうを見ておらず、視線を斜め下に落としながら口を開く。

それは明らかに、いつもの自信満々な彼女とは違っていて。

「私は見ての通り、王塚真唯だ。環境に恵まれているし、それに見合った努力もしている……つもりだ」

堂々と言われると、うん、そうだよね、って気分になる。

王塚さんはいつもすごい。めちゃくちゃ美人なのに誰にでも優しいし、性格もいいのだ。人助けのために屋上から飛び降りちゃうぐらいに。

「皆は私といると居心地がいいのだろう。私もなるべくそういった場所を作ろうとしているからな。皆が喜んでいるのを見るのは、気分がいい。だが、こう思うときもある。果たして皆は本当の私を見てくれているのだろうか、と……。急に寂しくなる日だってある」

「……それって」

「私は求められている王塚真唯像を、ただ演じているだけなのかもしれないな」

一瞬、王塚さんとわたしの目が合った。彼女はすぐに視線を逸らして。

「……すまないな、常に完璧を目指す王塚真唯が、こんなわけのわからないことを言ってしまって。君も戸惑っただろう」

「いや……」

頬を染めて恥ずかしがる王塚さんを見ながら、陰キャのわたしは（……なんか、すごい中二病みたいなことを言っているな……）って思ったりしつつも。

本当の自分、か。

「なんか……王塚さんが弱音を吐くの、初めて聞いたかも」

世間の承認をドバドバ注がれて育てられた王塚さんは、そういう不安とは無縁に生きてきたんだとばかり。

ごにょごにょと口ごもっていると、彼女は雪のように白い肌を恥ずかしそうに染めて。

「もちろん、誰にも言ったことはなかった。君は失望したか？」

「え？　ううん、ぜんぜん！」

これは本音だ。わたしは当たり前のように首を横に振っていた。

「王塚さんがいつも前向きにがんばっているのだって、わたしは知れてよかったと思うし！　だからわたしももっとがんばらないと……って、そう素直に思えるし……」

一度口を開くと、わたしは話す内容に夢中になって、人の顔を見れなくなってしまう。

「でも、毎日がんばってばかりじゃ、疲れちゃうのなんて当たり前で、だからわたしもああして屋上に避難したわけだし……」

キラリと青空に太陽が光っており、そこにははるか遠い屋上があった。よくあんな高いところから落ちてきて平気だったな……。

「てか、木の上でなに話してんだって感じだけど……。王塚さんがよかったら、今度一緒に屋上いこ。ちゃんとフェンスの内側で、一休みしようよ」

　必死に笑顔を作りながら、王塚さんに向けて両手を広げる。

「そうか。だから君は屋上に……。しかし、君の息抜きの邪魔をして、あまつさえ勘違いで共に落ちるなど」

「そ、それはもういいってば！」

　前のめりになって訴える。

「さっきのも今のも、わたしは王塚さんがどんなに失敗しても、ぜったいに受け入れるし！　そもそも、わたしなんて毎日失敗ばっかりの人生なんだから！　失敗ひとつすら許されないなんて、そんなのムリだし！　大丈夫だよ、わたしもいるから！」

　なんでわたしこんなこと、べらべら喋っているんだ。

「自分はこんなもんじゃない、もっともっとうまくできる……なんて考えていると、どんどんつらくなっちゃうもんね。いいんだよ別に。たまには、休んでもさ……」

　苦笑いとともに吐いた煙のような言葉に、王塚さんの瞳が揺れた気がした。

　でもそれはきっと、わたしが誰かに言ってほしかった言葉なんだと思う。

　陽キャになるためにがんばり続けて、ときどき立ち止まりたくなったときに、いいんだよ、って。そばで言ってくれる友達がわたしはほしかったから。

「って……な、なんで王塚さん、目が潤んでいるの？」

「え？　いや、なんだろうな。……なんか、すごいうれしい」

「ええ～？」

あまりにも恥ずかしくて、顔を逸らす。

「た。たまたまだよ、わたしは……」

ていうかやばい、わたしのほうこそ泣けてきた。せっかく毎朝がんばって、スクールメイクで盛っているのが、崩れてしまう。

今になって、屋上から落ちて生き延びたっていうのがかなり効いてる。膝ガクだ！

「ま、ま！　天下の王塚真唯の支えになりたいなんておこがましいっていうか、釣り合いが取れていないとは思いますが！」

泣きながら、あはは、と笑ってみせると。

「そんなことはない」

うわ。

王塚さんが金髪をふわりとなびかせながら、唐突に手を握ってきた。

白くて温かくて綺麗な手に包まれて、心音が高鳴ってしまう。

けれどそれよりも、彼女のまっすぐな視線の力が、わたしを捉えた。

「そこまで言ってもらえるなんて、私は幸せものだな」

「えっ、いや、あの、うう……」

わたしは語彙力がないから自分の感情をただただらけ出すことしかできなかったのに対し、王塚さんはどう言えばもっとも効果的なのかをわかっている恋人のように、わたしの心をまっすぐに射貫いた。

「いや、あの……わたしも！　友達ほしいんで！」

ただひたすらに恥ずかしく、目の前がチカチカする。

魂の叫びだった。

王塚さんは、とろけるような甘い笑みを浮かべている。

「友達になろう、れな子」

「え、ほんとに？」

「ああ、本当の友達になろう」

一緒のグループにいたのに、そのとき初めて王塚さんと心が通じ合った気がした。

なんだろうこれ、嬉しい……えっ、嬉しい！

王塚真唯と甘織れな子。学園のスパダリと、高校デビューの平民。

ぜんぜん違うふたりは、出会うべくして出会ったのだと、思えてしまったのだ。

だから、握られたこの手に、わたしも手のひらを重ねる。

「うん……友達になろ、王塚さん。ううん、真唯！」

ぱぁっと真唯の顔が華やいだ。後光が差すような神々しさに吹き飛ばされちゃいそうになるけど、大丈夫。

今わたしたちの手は、繋がっているから。

そんな風に笑い合ったあと、わたしはポケットから鍵を取り出した。

「いつでもいいから、声かけてよ。休憩しに行こ」

「ふふっ」

笑顔はどこまでも清らかなのに、下唇に指を当てる仕草が、やけに色っぽい。

「ふたりだけのヒミツだな」

「えっ？　あ、う、うん……そうだね！」

同性だというのに、その言葉がやらしい意味に聞こえてしまうのは、きっと真唯が綺麗すぎるからなのだろう……。

「あっ、でもあんまりプレッシャーとか出さないようにしてね。緊張しちゃうから……」

「いや、そんなものを出した覚えはないが」

「ええっ、ウソだあ！　いっつも『私が世界一正しい』って顔して歩いているよ！」

「そんな馬鹿な。しかし、大抵の場合において私は正しいからな……」

「めちゃくちゃ王塚真唯っぽいセリフだ！」

こんな風に真唯をからかう日が来るなんて、思わなかった。

わたしと真唯は声をあげて笑った。

これから先も、こんな風に真唯とくだらない話をしながら笑っていられたら。

わたしはほんとに、それだけで満足だったんだ。

「てかこれ、どうやって木の上から降りればいい!?」

先に降りた真唯が、わたしをお姫様抱っこで受け止めてくれた。

落ちたほうが廊下側だったから、誰にも一部始終を目撃されなかったことがまさしく真唯の『運の良さ』を示しているみたいだ。


それぞれ別々に戻ることにしたのは、関係が『ふたりだけのヒミツ』だからだ。

教室の前、ふー、ふー、と深呼吸する。とりあえずトイレで体についた葉っぱは払い落としてきたので、見た目的には大丈夫なはずだ。

ドアを開けて、グループのみんなに頭を下げようとした、ところで。

「あっ、れなちゃん、さっき大丈夫だった!?」

「え？」

「だってすごい勢いで、教室出ていったから」

同じグループの紫陽花さんがやってきた。さらに香穂ちゃんと、紗月さんまでわたしを取り囲む。ひえ、陽キャの集団だ。

こんなに注目されることに慣れてなくて、あわあわしてしまう。

「え、いや、あの。さ、さっきはヘンな感じになっちゃって……その」

きょうからまた、陽キャに交じってもがんばれる力を、真唯がくれたんだ。大丈夫のはずだ。ひとりで言い訳もできる！　でき……あれ、またお腹痛くなってきたかも！

そこでポンとわたしの肩が叩かれた。戻ってきた真唯だった。

「具合が悪くなったんだよな、れな子。それで皆に心配をかけないよう、ああいう言い方をしたんだろう？」

「え？　いや、あの……」

よく言えばそういうことなんだろうけど……でも、あまり正しく伝えていないっていうか……って、戸惑ってた小物のわたしに、真唯の微笑みが飛び込んできた。

「――な？」

目を細めた彼女の放つ強烈なカリスマ性になにも言えなくなって、わたしはただコクコクとうなずくばかり。

な、なんだこの友達……かっこいい……。

その日は何度も真唯と目が合って、わたしは都度その笑顔に癒やされた。

「ねえ、ちょっと王塚ー、またあんたの連絡先聞いてってお願いされたんだけどさー」

「ああ、あたしもあたしも。てか、こないだ他校の生徒も出待ちしてなかった？」

少し派手目な女の子たちに囲まれながらも、真唯はにこやかに対応をしている。

「仕方ない話だ。王塚真唯はふたりといないからね」

すごいな。真唯の背後に薔薇園が見える。

「それが嫌味に聞こえないところが、格の差っていうか……ぶっちゃけ、王塚相手なら女でもいいか、みたいな気分になってくるもんね」

「え？　あんたそっちの趣味？」

「そりゃ。だってスパダリだし」

はしゃぐ女の子たちに「お、なんか楽しそうじゃん」とイケてるグループの男子も交ざってきて、真唯の周囲はあっという間に、薔薇園ならぬ人垣の完成。

でもそんな拍子にも、ふと真唯と目が合って、彼女は離れた席のわたしににこりと微笑んでくれたりして。

「～～～～！」

「れ、れなちゃん、どうしたの？　またお腹痛い？」

机に突っ伏して身悶えて、友達に心配をかける事態に。すみません。

あんな大人気な王塚真唯が、わたしのヒミツの友達。

ほんと、夢見てるみたいだ。

今までぼんやりとしてた『友達』という言葉が、王塚真唯に取って代わられてゆく。

ああ、もっともっと真唯と仲良くなれたらいいな。

まだまだぜんぜん気の早い話だけど。いつか彼女の、一番の友達に……なんてね！


そんな恥ずかしいことをウキウキと夢見ていたわたしだったんだけど。

翌日の屋上で、だ。

寝起きに耳元でシンバルを鳴らされたように、わたしは目を白黒させていた。

顔を真っ赤にして目を逸らす真唯が、そこにいて。


「すまない。どうやら私は、君をひとりの女性として好きになってしまったようだ」


「…………」

わたしはお天道様の下で、真唯に告白された。

「は？」

待って？　友達はどこいったの!?

わたしが初めて告白された相手は、スパダリ呼ばわりされている女の子でした。

「いやいやいや……ムリでしょ、ムリ……」

放課後、誰にも見られないように屋上へとやってきたわたしは、頭を抱えていた。がやがやとした放課後の適度な喧騒がわたしを内へ内へと閉じ込めてくれる。

しかしそうはさせまいと、青空に輝く太陽よりもピッカピカな女が、すぐ隣で存在感を主張しまくっていた。

「なぜ無理なんだ？　君は他に好きな子がいるわけでもないんだろう？」

「そうだけどさ！　ていうかなんでついてきた真唯！」

「君の返事が煮えきらなかったからだ。このままでは夜も眠れなくなる。それは困る」

「あーもう……」

端整な顔立ちに見つめられるだけで緊張してしまって、脳の回転は普段の半分程度。

友達として徐々に慣れていこうって思っていたはずが、先手で爆弾落とされた気分だ。

「ていうか、『好きになった』ってさ……早すぎない？　ふたりで話してから昨日のきょうだよ……？」

「そうなんだよ」

真唯はまっすぐに下ろした長い金髪を風になびかせながら、フェンスに寄りかかる。

「初めてさらけ出した弱さを、君は受け入れてくれただろう？　家に帰って君の顔を思い浮かべていると、胸のドキドキが収まらなくてな。あれは、私の人生において、非常に衝撃的な出来事だったんだ……と自覚したとき、気づいたんだ。君が好きだと」

「大げさだよ……」

うっとりと語る真唯に、うへえという顔のわたし。

「王塚真唯が凹んでたら、誰だって慰めたに決まってるって……」

「だが、君だった。その瞬間、私の前にいたのは、君だったのだ」

強い視線がわたしを貫く。

まるで突然抱きしめられたみたいに胸が詰まった。

「そんな、刷り込みじゃないんだから……。てか、そのたった一度で告白までするとか、いくらなんでもチョロすぎでしょ……」

真っ向から好意をぶつけられた事実が徐々に浸透してきてしまって、頬が熱くなる。

照れ隠しにそっぽを向くと、その態度を真唯が勘違いしやがった。

「やはり。両思いだったか」

「違うから！　わたしは友達として！　友達としてあんたのことが好きなの！」

　この真唯をあんた呼ばわりしてしまうとは……。しかも昨日のきょうで。

　わたしもかなり恥ずかしいことを口走っているなって自覚はあったんだけど、真唯の返しが最悪だった。

「それは勘違いだよれな子。君は私のことを恋人として好きなんだ」

「あんたのその無駄に自信満々なところ、敵に回ると厄介極まりないな!?」

　小市民のわたしは真唯からじりじりと距離を取る。

　洗脳されてしまいそうだ。気を強くもて！

「渋っているのは、私が女だからか？」

「それは……知らないけど」

　長身ハーフのモデルである真唯が相手なら、女同士だって構わないって思う子は少なからずいると思う。

　お金持ちだし、優しくて親切。学年で一番キレイなのが真唯なら、学年で一番かっこいいのだって全男子含めても真唯に違いない。運動神経でさえ飛び抜けているんだから、ほんとに、スパダリとはよく言ったものだ……。

　いや、わたし自身が好きかどうかはともかくとしてね？

「脈はなさそうでもないな」

「ないの！　ムリ！　ムリだから！」

あと、そうやって無防備に人の顔を覗き込まないでよ！　ドキドキするから！

回り込んできた迫力ある美貌から、再び顔をそむける。

「あのね、わたしは友達がほしいの。なんだったら、ずっと学校生活を一緒に送れるような、親友がさ」

そう、それがわたしの理想の学園生活。そりゃ、いつかは恋人もほしくなるかもしんないけど、今じゃない。

真唯といろんなところに遊びに行ったり、たまに家でゲームをして遊んだり。そんなの楽しいに決まってる。わたしはそんな毎日を過ごしたい。

なのに、真唯は意外そうに。

「なに。あえてか？」

「あえてとかじゃなくて！　ていうか恋人は親友の上位互換じゃないから！　ぜんっぜん違うものだから！」

「しかしれな子。好きな相手に告白してもらったのに親友のほうがいいとは、ずいぶんとひねくれた性癖じゃないか。付き合っていないカラダで関係を結ぶのが好きなのか？　それは……不誠実じゃないか？」

こいつ話が通じねえ！

「バカ！　なんでわたしがあんたのこと好きって話になってんの！」

「私のことを好きじゃない人がいると？」

「ああもうバカ！　このバカ！　王塚真唯！」

なんて女だ。

昨日のわたしは、こいつとどうやってうまく付き合っていくつもりだったんだ？　なにもわからない。

「ちゃーんと言っておくからね！　高校生活はまだ始まったばかり。なのに、そうそうに真唯と別れて気まずくなっちゃって、そこから他グループに所属とか……なんか、ほら、お互い嫌じゃん！　だから恋人なんていう不安定な関係は、お断り！」

真唯はむずかる幼児をあやすように、優しく微笑んだ。

「なるほど、君の不安も理解できる。それならば、一歩引いた友達同士の関係がいいってことだな。いじらしい考えだが、大丈夫だ。私たちは別れないからな」

あんたほどわたしは自分に自信をもってないよ！

「現実がそんなにうまくいくはずないって、いくら真唯がいいやつでも。……好きな気持ちが急に冷めちゃうようなことだって、あるんだから」

「そういう経験が？」

ぎくりとした。

風に吹かれ、金髪の一房を薔薇のように咥えて不敵に微笑む真唯に、ぎぎぎと顔を向ける。唇を尖らせたままうめく。

「……ありませんけど」

甘織れな子。恋人いない歴＝年齢です。

正直に白状すると、真唯が「ふ」と笑った。

カチーン。

「ないけど！　世間一般的にはそういうもんじゃん！　高一で付き合いだして三年間ずーっとラブラブでしたーなんてやつ聞いたことないし！　だいたい真唯はどうなの！」

真唯は自らの胸に手を当てて、神に誓う花嫁みたいな真摯な瞳で告げてきた。

「無論、誰とも付き合ったことなどない」

「ほら！　やっぱり！　やっぱり！」

「私の恋人になるのは、初めての相手が最後の相手と決まっているからな」

「机上の空論んん！」

自分の体を抱きながら頬を染めてるんじゃないよ、まったく。

肩で荒い息をつきながら、真唯をにらみつける。

「どこまでいっても、平行線みたいだね……」

「そうだな。私は別れないと確信しているが、君はどうせ別れると言い張っており、親友のほうがずっと素晴らしいものだと思い込んでいる」

「言葉のチョイスが引っかかるけど、まあ、そう」

しばらく真唯は押し黙っていた。

実際、彼女に告白されても、わたしは困るだけだ。

だって、グループ内ですらまともに立ち回れないのに、そんなわたしが恋人付き合い？　ぜったいムリでしょ。人生で好きな人ひとりいたことないんだよ。デートとか、なにそれ食べられるの？　ってレベルだし。真唯相手にそんなのハードル高すぎ。

その点、友達同士ならまだ希望がある。放課後カフェに寄ったり、一緒にどこか遊びに行ったり、共通の趣味を楽しんだりしてさ。わたしだって友達ぐらいいたことあるんだ。その楽しさだって十分わかってる。

中学の友達にはハブにされたけど……。

ともあれ！　だから、真唯にもわかってほしい。

わたしたちは恋人なんかじゃなくて、親友同士になるべきなんだ、って。

六月の風が、真唯の髪を撫でる。光の糸みたいな長い髪を押さえ、彼女が口を開いた。

「ならば、折衷案といこう」

「……なにそれ」

真唯は未知の関係性になにひとつ不安を覚えていないような、美しい微笑をたたえたまま、提案してきた。

「私は恋人関係を、君は親友関係を望んでいる。だが実現には、互いの協力が必要だ」

「それはまあ、そう」

「ここで私が『いや、恋人になれない以上、友達とかムリだ。学校では話しかけてこないでくれ』と言ったら、君は困るだろう?」

「え、それは……」

胸の動悸が激しくなる。世界が足元から崩れ去っていくような感覚に見舞われた。

つ、つまり捨てられるってこと……?

「……こ、困る……」

心細く眉根を寄せるわたしを見て、真唯は急に慌てて。

「す、すまない。今のは冗談だ。もちろん、君の不利益になるようなことをして、君を傷つける気などない」

「そっか……いや、別に平気だし。ちょっとビビっただけだし……?」

「うん、そうだな。まあその、なんだ。恋人などになれないと断られた相手に、いつまでも優しくし続けなければならない私の辛さも、君にわかってほしかったのだ」

「それは……まあ」

うまく理解はできないけど、きっと悲しいんだろうな、とは思う。

「……だから、折衷案？」

意気地をくじかれたわたしに、真唯はこれがお互いにとってなによりも素晴らしい方法だと信じて疑わない態度でうなずいた。

「そうだ──」

真唯の提案した勝負内容は、とんでもないものだった。

『ある日は親友。ある日は恋人。そうやって、交互に試してみようじゃないか──』そして、『その上で、恋人と親友のどちらが私たちにふさわしいか、勝負で決めよう』と。

家に帰ってきたわたしは湯船に浸かりながら、ぼんやりと天井を眺める。

昔から考え事をするときは、お風呂にこもる癖があった。ぬるめの湯に体を浸して、わたしは最近妙に膨らんできた胸を、持て余すようにたぷたぷと手で揺らしながら。

「なんてこったい……」

体型のことではない。

ていうかさっきからずっと、真唯の微笑みが目の奥に焼きついちゃってる。

あの女王様みたいなビジュアルはホントずるい。しかも顔を近づけてくるもんだから、余計に印象づけられてしまう。

昨日友達になって、きょう告白されて。

そして――。

「恋人か、親友か、か……」

晴れ渡る初夏の屋上で、真唯は言ってきた。

『恋人の日は、私が君に恋人の素晴らしさを教える。その上で君がどうしてもムリとなった場合は、私も大人しく身を引こう。君を落とし切れなかった私の魅力が足りなかったのだからな』

親友の日はその逆だ。わたしが真唯に親友の素晴らしさをプレゼンする。

体験版の恋人と、体験版の親友を交互に行ない、相手に『やっぱりこっちの関係性のほうがいいね』と思わせたほうが勝利。

わたしたちはお互いが決めた関係で、これからの学園生活を送る。

そういうゲームだ。

「とんでもないことになっちゃった……」

お湯に口まで浸かって、ぶくぶくと泡を立てる。

体験版の期間は六月いっぱい。つまり、一ヶ月間のバトル。

わたしが恋人関係を認めることはないから、負けはありえないとしても……。

真唯の考えを改めるのも、相当難しいと思う。

けど、最初から諦めてちゃ始まんない。

わたしだって『変わるんだ』って決意したから、こうして今、真唯と勝負することだってできてるわけで。

よし、と気合いを入れて立ち上がる。

「二度とぼっちなんかに戻らない！　勝ち取るんだ、最高の学園生活を！」

ひとりお風呂で、えいえいおーと叫んだのを妹に聞かれ、「お姉ちゃん、まともになったと思ったのに……」と憐（あわ）れみの目で見られたって、くじけない！

こうして、わたしと真唯の一ヶ月の戦いが幕を開けたのだった。

＊＊＊

その日が友達か恋人かっていうのは、『よし、ではわかりやすいように、私の髪型によって変えようじゃないか』ということになった。

髪を結んでいる状態では友達。髪を下ろしていたら恋人同士、だ。

これに関しては、他の人にナイショでヒミツのゲームを遊んでいるみたいで、正直ちょっとワクワクする。

というわけで、戦いが始まって三日目。六月一週目のお昼休み。

不機嫌丸出しの態度で、中庭の自販機にパックジュースを買いに来たわたしは、ついてきた真唯を人気（ひとけ）のない女子トイレに引っ張り込んだ。

「ふむ。そんなに私とふたりっきりになりたかったのか？」

「違う！　いや違わないけど、そういうのとは違う！」

トイレに誰もいないのを確認してから、声をひそめて真唯に怒鳴る。

「いいかげん、髪結んできてよ真唯！　なんで三日連続で下ろしてきてるの!?」

ふふっ、と真唯は前髪を払い、うらびれた女子トイレの背景に百合（ゆり）を咲き誇らせた。

「一分（いちぶ）の寝癖もなく、ストレートに決まってね。下ろさなければもったいないだろう」

リンスのCMに出てくる若手女優みたいに髪を手の甲で払い、なびかせる。サラサラと流れる金髪が光に反射してきらめいた。

「でもそれじゃ、勝負にならないじゃん！」

「それはそうだな」

真唯は長い髪を指に巻きつけながらうなずく。

「とはいえ、私たちはこないだまで二ヶ月も友達だったんだ。ちょっとくらいは、恋人デーを重ねなければ、帳尻が合わないとは思わないか？」

そう言いつつ、真唯がわたしの腰に手を回してくる。うぇ!?

「ちょ、ちょっと!?」

「いいだろう？　きょうは恋人同士のように振る舞う日なんだから」

「が、学校で……他の人に見られたら、どうするの……！」

「私は構わないが」

腰に当てられた手が、さわ、と動くだけで敏感に反応してしまう。女子高生同士のボディタッチは挨拶みたいなものだけど、真唯のそれはぜんぜん違う。

その手からはっきりとした感情が、なんだったら情欲みたいなものが伝わってくる……。遊びじゃないぞ、ガチなんだぞ、と訴えられているようだ。

「か、構うって……。手つき、やらしいし……」

とんとんと指で腰をノックされる。それが徐々に下がっていって、おしりの辺りまできたところで、わたしは美人の細腕を叩き落とした。

「ベタベタして、なんなのもう……真唯ってそんなやつだった？　てか、わたしのこと、そんなに好きなわけ？」

牽制のつもりで放ったはずのジャブは、見事に受け止められた。

「うん、好きだな」

ドストレート。

こいつめ……まじでこいつ……こんなの、照れるに決まってるでしょ……。

真唯は凝りず、わたしの背中を撫でてきた。

晴れ晴れとした笑顔は、まるでゴールデンレトリーバーだ。匂いづけされてるみたい。

「わたしのなにがそんなにいいんだか……まったく理解できない……」

「なるほど。自分に自信がないと思わせておいて、その実、私から賛辞と愛の言葉を引き出そうという魂胆か。恋人同士は気分が乗らないと言いながらも、なかなか巧妙な駆け引きを仕掛けてくるじゃないか」

「違うから！　百パー本気の発言だからー！　人をかまってちゃんみたいに言わないでよ！」

さらに真唯の腕を振りほどく。カンフー映画みたいになってきた。

「あのね、あんたのそういうところがムリなの！　あんたいっつもそうなんだから！」

「ほう？」

「いつだって自信満々で！　なんだって自分の思い通りになるみたいな顔をして！　ちょっと強く押せばわたしなんてすぐに転がると思っているんだったら、大間違いだから！」

ここ三日間で学んだのは、真唯に対して曖昧な言い方は通じない、ということだ。

嫌なら嫌と口に出さないと、真唯はどんどん自分に都合よく解釈してゆく。

わたしの叫びは、対真唯攻略の一環だった。

グループみんなの顔色を窺って、適切なタイミングで適切な相槌を打って。目立たないように、調子に乗ってるって思われないようにばっかり気をつけてる昨日までのれな子では、真唯に太刀打ちできないのだ！

「なぜこの庶民は寿司のシャリの部分を残した程度で怒っているのだろう、とでも言いたげな瞳で。

「しかし、そう言われてもな。なんでも自分の思い通りになってきたしな……」

「…………」

絶句してしまった。

お、王塚真唯……。

トゲトゲしい拒絶の鎧すら効かず、優雅に頭をぽんぽんとされた。

「私は諦めないから、れな子が諦めてくれ」

三度、手を払いのける。

「ああ、なんかもう、親友とか恋人とか以前に、なんでもうまくいくと思っている真唯の思い上がりを、ぶっ壊したくなってきた……」

真唯は意外そうにわたしを見つめた後で、頰を緩めた。

「それは、ずいぶん乱暴な言葉遣いじゃないか。ちゃんと恋人同士を務めてくれないと。それとも君は、最愛の女性にもそんなことを言うのかな？」

「たぶん、言うんじゃないかな……。あ、恋人になりたくなくなった？」

「いや、むしろもっと好きになった」

「なぜだ！」

頭を抱えるわたしに、真唯は楚々と笑いながら。

「なんでも思い通りになってきた私にとって、ひとつぐらい思い通りにならないことがあるのは、楽しいな。それに、君と一緒にいると、どんどんとワガママになっていくようだ。これからもたくさん私を叱ってくれ、れな子」

「叱られるようなことしないで！」

怒られたのに嬉しそうな顔をする真唯、ほんと意味がわからない！

恋人同士の仲睦まじい会話（皮肉）を終えて、教室に戻ってくるとだ。

同じグループの子である、瀬名紫陽花さんが「おかえりー」と声をかけてきてくれた。

「れな子さんに問題です。お金持ちだけど顔がイマイチな人と、貧乏だけどイケメン、付き合うならどちらがいいでしょーか？」

「え、ええ？」

机に広げた雑誌の問いをまんま尋ねてきたと思いきや、彼女はわたしを見上げて微笑んだ。

「とかなんとか聞いちゃったけど、しょーじきお金持ちとか貧乏とかあんまり関係ないよね。優しくて思いやりのある人が一番だもんねえ」

その天使みたいな笑顔に照らされて、真唯とやり合った後のトゲトゲしかった気持ちが、漂白されてっちゃう。

「あ、でも子どもっぽい人よりは、落ち着いた人がいいかな？」

「ああ、ちっちゃな弟さんがふたりいるんだっけ……」

「そうそう、もうほんと悪ガキで、困っちゃう。かわいいけどね」

そう言う紫陽花さんこそ、小柄で妖精さんみたいにかわいらしい。

天使の羽根バングっていう前髪をくるんとカールさせた髪型がトレードマーク。紫陽花さんのもつフワフワとした雰囲気は、そこにいるだけでクラスのムードを和らげる花束のようだ。

真唯グループの中では一番の良識人で、笑顔が可憐で、誰にでも優しくて……。

ある種『みんなの理想の女の子』って感じ。

だからこそ、紫陽花さんに嫌われたらもうおしまい、ってところある。こわい。

「紫陽花さん、まじ癒やしだよね。紫陽花さんと付き合う人は、幸せだろうなあ……」

「えー？　急に褒められても笑顔ぐらいしか出ないよ？」

なんてニッコニコの微笑みとともに、ダブルピースしてもらった。

か、かわいい……天使……。

もし真唯じゃなくて紫陽花さんが告白してきてくれたんだったら、わたしだってもうちょっと悩んでいたかもしれない。でもだめだ。紫陽花さんはみんなの天使だから、わたしひとりなんかが独占しちゃいけないのだ。

わたしと紫陽花さんが、和やかに流行りのドラマの話をしていると（※コミュ障だけどわたしはふたりきりなら話せるのだ！　少しなら！）、そこに真唯や文系美人の紗月さん、妹系美少女の香穂ちゃんが戻ってきた。

　にわかに騒がしくなる。

「ねえね、聞いて聞いて、マイってばこないだホテルの会員制プールに行ったんだって！　すごくない？　やばくない？　いやー、いいなープール！　プールプール！」

「香穂、そんなにプール好きだったかしら。真唯のことが羨ましいだけじゃないの」

「そりゃそうじゃんー！　紗月ちゃんは羨ましくないんすか!?　豪華な温水プール！　リクライニングチェア！　バーカウンターに、マイの抜群の水着姿ー！」

「……妬ましいっていうか、純粋にムカつくわね。似合いすぎて」

　香穂ちゃんと紗月さんに挟まれている真唯は、「そんなに似合うかな？」と微笑んでいる。堂々たる佇まいは、まさしく女王の貫禄。

王塚真唯。瀬名紫陽花。琴紗月。小柳香穂。……あと甘織れな子。この五人――真唯グループが集まると、教室の一角がクリスタルの洞窟みたいに輝きだす。

あまりにも圧倒的な光。ほら、周りの男子も女子もこっちをチラチラ見てる。

真唯が中心人物なのはいいとして、他のメンバーも誰からも一目置かれる存在だしね。もとい、わたし以外はな！

周辺の顔面偏差値が急上昇し、それだけでこう、幸せが散布されてゆく。

別にわたしは真唯みたいに同性が好きなわけじゃないけど、それでもかわいい子のかわいい姿はとってもかわいいからね。見ていて幸せになるよね。

わたしが気配を消していると、ねえね、とグループのムードメーカーである香穂ちゃんが声をあげた。

「だったらきょうさ！　放課後、服見に行こうぜ！　夏服！　揃えたいんすよ！」

「だめ。忙しいわ」

「あらら。紗月さん、なにか用事あるの？」

「自主勉」

紫陽花さんが「わー」と感心して、香穂ちゃんが「うぇっ」という苦い顔をした。

「いいじゃんー！　紗月ちゃん、高学歴大学生みたいな雰囲気出してるんだから、勉強しなくっても大丈夫すよ！　いこうよおー、いこ～よ～！」

「うざ……」

「ひど！」

ははは、と真唯が目を細めて笑った。

「そんなにがんばったところで、次のテストもまた私が勝つよ」

「お前……お前え……！」

殺意の波動を撒き散らす紗月さんに、心の中で同情する。

「いいなー、私もお洋服見にいこっかなー。ね、れなちゃんはどうする？」

「え？　あ、わたしは」

紫陽花さんに話を振られて、一瞬フリーズ。キョドりながら手を挙げる。

「も、ももも、もちろんお供しますよ！」

「え、れなちん、今なんか声バイブってなかった？」

「めめ滅相もない」

両手を振りながら平静を装いつつ、顔には笑みを貼りつかせる。

『人から遊びに誘われた際に、断ってはいけない』

これは、わたしの中に不文律として存在するルールだ。

たとえこのグループと放課後まで一緒にいたら、わたしの人間力が涸れ果てて、途中でぶっ倒れるとしても。

わたしは、少しでも嫌な態度を表に出してはいけないのだ。

過去の過ちを繰り返さないために。

凍りついたみたいな笑みを浮かべていると、真唯が話を受け継いだ。

「うん、どうせならみんなで一緒に行こう、と言いたいところだが」

真唯が「紗月は勉強があるとして」とナチュラルに紗月さんをハブる。

「えっ」と声をあげる紗月さん。みんなで行くなら行きたかったんだ……。

ちらりと、真唯がわたしを見た。

うん？

「残念ながら、きょうは約束があるんだ。だから、買い物はまた今度にしよう」

いつものように、真唯が勝手に決める。

みんな慣れているから、「そっかー」と納得する中、わたしだけが気づいた。

真唯がわたしに助け船を出してくれたことを。

さりげなく、力強い優しさだった。

その配慮にホッとしてしまう自分がいて、複雑な気持ちだ。これは真唯がわたしを好きだからこその優しさで、だからここで心を許してはいけないんだよね……。

いやでも、相手が友達でも助けられたら嬉しいか……？　そうか、普通か、普通だ。うん、じゃあ大丈夫です。ありがとう真唯！　葛藤おしまい。

「香穂も明日は小テストだぞ。家に帰って勉強するといい。紗月もがんばれ。未来永劫、私には勝てないとしても、努力を続けるのは立派だよ」

「なんで私こいつと仲良くしているんだろうか……」

「まあまあ……」

紫陽花さんが間を取り持つ。

傍目には険悪なふたりだけど、紗月さんと真唯は高校入学以前からの友達らしく、ケンカするほど仲がいいのだ。

ケンカするほどってていうか、紗月さんが一方的に真唯に噛みついているだけっていうか……。最初のほうはヒヤヒヤしてたけどね。でも、今ではいつものことかー、って受け流せるようになった。

「まったく……いいけど、あなたは昔っからそういうやつだもの」

紗月さんは紫陽花さんの仲裁を待っていたみたいな態度で、大きくため息をついた。

ひとしきり文句を言って真唯を調子に乗らせないようにしつつ、折れるタイミングを窺っているのが紗月さんのいつものスタイルだ。

「あはは……じゃあ、きょうは適当に解散って感じだね」

決まった流れを締めくくるみたいに、わたしが口を挟む。

言いだした香穂ちゃんも「じゃあまた今度、ぜったいだよ！」と笑っていた。

真唯が決めるとこういう風に誰からも不満が出ず、まいっかって気分になっちゃうから不思議だ。カリスマ性とでも言うんだろうか。

「あ、てかさ」

と、再び香穂ちゃんが話題を転がす。

「最近、マイとれなちん、なんかあった？　てか仲良くなった？」

「え⁉」

やば。香穂ちゃんが鋭すぎて、大げさに驚いてしまった。

「そ、そんなことないでしょ！　仲ふつうだって！」

「その否定の仕方は傷つくんだが」

「えっ、あっ、ごめ！」

とっさに頭を下げて真唯を見ると、彼女は笑っている。からかわれた！

「ほら、そうゆうとこ！　目配せとかなんかエロい！」

え、えろ……⁉

香穂ちゃんの指摘にどう答えるのが正解かわからずオロオロしていると。

紗月さんがぺしりと香穂ちゃんの頭にチョップする。

「甘織困ってるでしょ。あなた、真唯のことに見境なさすぎ」

「しょーがなくない？　あたしマイ推しだし！　ほら、推しカラーも」

と言って、髪留めのリボンを見せてくる香穂ちゃん。アイドルの握手会とかに時々紛れてる、アイドル並みにかわいい女の子みたいだ。

しかし、真唯の髪をイメージしたイエローカラーのリボンを見て、紗月さんが眉をひそめた。

「こんなの、顔がいいだけの俺様野郎よ」

「ええー？　真唯ちゃんすごくいい子だよ。ねえ？」

「紫陽花はよくわかってくれているな」

真唯と「ねー？」と微笑み合う紫陽花さんより、紗月さんの言葉に共感してしまう。

そうか、このグループって真唯の本性を理解しているの、紗月さんだけだったんだ……。知らなかったな……。

仲良し五人組の一面を知って、感心しているとだ。急に背中から誰かに抱きつかれた。

「ひょえっ!?」

「でもな、そうなんだよ」

耳元に真唯の吐息がかかって、産毛が逆立つ。

こんな人前で!?　そういやさっき、私は構わないとか言ってた！

カチコチのわたしのお腹に後ろから手を回してきて、真唯が笑う。

「最近、れな子が私の推しなんだ」

お姫様のゾクっとするようなお言葉に、紫陽花さんは笑って、紗月さんは塩対応。香穂ちゃんが「なんでー!?」と驚きながら真唯に迫り、頭を乱暴にぐしぐしされていた。

ほんといつも通りの光景で、いつも通りじゃないのはわたしだけ。ぜぇはぁと荒い息をつきながら胸を押さえていると、香穂ちゃんにビシッと指差されて。

「れなちん、顔真っ赤すぎ！」

ぐう。

ほんと、なんなの……。楽しそうに笑う真唯を、こっそりと睨みつける。

紗月さんじゃないけど、なんでこいつ、わたしのことが好きなんだろうか……。

紫陽花さんみたいに誰にでも優しい天使じゃないし、紗月さんみたいに大人びてかっこいいわけでもない。香穂ちゃんみたいに隙のある天然愛されキャラじゃないのに。

ほんと、意味がわからない。実は陽キャたちによるドッキリで、わたしは騙されてるんじゃないだろうか。

それかあるいは、真唯は頭がどうかしてるのだ。


「どうかしてる！」

「なにがだ？」

「この状況に決まってるでしょ！　なにが『用事がある』だ！　それわたしと遊ぶ用事だったなんて、一言もわたしに言ってなかったじゃん!?」

「そうだったな。来てくれてありがとう」

あらゆる言論を封殺するようなスマートな笑みを浮かべて感謝してくる真唯に、わたしは拳を握ったままうなる。

どっちみち誘われたら断れないのがわたし。

それに、喜んでもらえているのは嬉しいから、これ以上強くは言えない……。

「て、ていうか、わたし『カフェとか行く？』って聞いたよね!?」

「ああ。君の要望にこれ以上ない形で答えてしまったな」

ティーカップを傾ける真唯は、なんと水着姿だった。

それもそのはず。

ここは赤坂にある超高級ホテルの、フィットネスプールなのだから。

「どうかしてる！」

再びわたしの叫び声が響き渡った。

放課後、誘われたわたしは、え、用事ってわたしとだったのか……と騙し討ちに遭ったような気分でいながらも、『じゃあ、カフェとか……』と口走った。

そりゃ五人グループでのお出かけに比べたら、まだマジックポイント消費量は抑えられそうだけど、でも真唯とふたりっきりというのはそれはそれで緊張してしまう。

しかも（体験版とはいえ）恋人と初めての放課後デートっていうアニバーサリーつき。

だから、まずは浅瀬で体を慣らすみたいに、あまりデート感のないデートということで、手近なカフェに寄るのはどうだろう、と提案したのだ。

真唯は『カフェか。なら、いいところがあるんだ。ぜひ君を連れていきたいと思っていた』とお姫様みたいな笑顔で、わたしの手を引いた。

そのまま駅へと向かって、電車に乗った。

わざわざ遠出しなくても学校帰りでいいじゃん……と思ったけど、確かに芦ケ谷生徒のいるようなカフェでは、有名人の真唯はくつろげないだろう。

だったら仕方ないし、ちゃんと付き合ってあげよっかなー。ま、わたしたち今は恋人同士だしー、って思っていたのだ。

いたのに……。

『ここだよ』と連れてこられたのは、めちゃくちゃ豪華なホテル。

びっくりして完全に足が止まったわたしをずりずりと引きずって、真唯はホテルを我が物顔でずんずんと進んでいった。エレベーターに専用のカードキーを滑らせ、向かう先はＶＩＰでスイートなフロア。

映画で大統領とかが黒服を引き連れて歩いていそうな廊下を、制服姿で歩く真唯。しかもぜんぜん違和感がなかったりする。違和感しかないわたしはずっとドン引きだった。

そんでまあ、フロントで水着を受け取った真唯は着替え、制服姿のままのわたしと、こうしてプール内のカフェでお茶している……というわけだ。

「改めて流れを振り返ると、ほんと意味わかんないな……」

夕方の屋内プールにはゴージャスなマダムとか、会社の社長っぽい人とか、あるいはすごくスタイルのいい外人さんとか……。

「種族：真唯、みたいなお客さんばっかりだ……」

てか、プールの中にあるカフェのくせに、イスがふかふかのソファだったりするの、すごいな……。濡れちゃったりするだろうに……。

「ここのローズヒップティーが、ひと泳ぎした後の体に染み渡るんだ」

メニューを見やる。値段が書かれていなかった。

「えっ……おいくらなの……？　一杯二千円とかするんじゃないの……？」

「プールの会員は、無償で施設を使うことができるんだよ。今回、君にも会員証を発行しておいたから、ぜひひとりでも訪れるといい」

「胃に穴が空くわ！」

などと勢いよく突っ込んでしまったせいで、今まで見ないようにしていた真唯の水着姿をもろに目撃してしまった。

うっ……。

真唯はスカーレットのビキニ上下を身につけていた。

スレンダーで、どこまでも細い。余分な肉は一切なくて、肉体の隅々まで真唯の意志が行き渡っているかのように、完璧なプロポーションだ。

しかし、こうして水着姿を見ると、小さい頃に買ってもらったお人形みたいだ……。

「日本人離れどころか、現実離れしているよね……。エルフみたいに耳が尖っていてくれたほうが安心できそう……」

なんで着替えてんだよ！　って思ったけど、このスタイルなら着替えても仕方ないか……。あまりにも水着が似合う。

オススメのローズヒップティーを口にする。うわ、確かに美味しい……。こういうものって素人には楽しめないでしょ、みたいな先入観があったけど、スッキリして飲みやすいし、学校帰りに売ってたらめちゃくちゃ買っちゃう。いや、ぜったい高いんだろうけど！

「それで、れな子は着替えないのか？」

思わず吹き出すところだった。

「会員なら数百種類にも及ぶ水着の中から、タダで貸してもらえるんだよ。どうだい？　一緒に少し、泳がないか？」

「わ、わたしはカフェに来たんだよ！　泳ぐわけないでしょ！」

「カフェより、プールのあるカフェのほうが、より需要を満たせると思わないか？」

「その、チーズハンバーグカレーみたいな考え方、やめなさい！」

確かにこの場では水着より制服のほうが場違いだ。そのことに対する恥ずかしさは、もちろんある。

けどそれ以上に……こんな真唯の水着姿を前にして、わたしごときが脱げるわけないでしょうが！

「そうか、まあ私ももともと泳ぐ気はなかったのだけどな」

「着替えておきながら」

「だって水に浸かるなら、髪をまとめなければならないだろう？　そうしたら、君とのこのデートの時間が、泡のように溶けてしまうからね」

「……あ、そういうルールなんだ」

なるほど。髪を下ろしているときは恋人、結んでいるときは友達……っていうのは、徹底していくわけだ。

真唯はおしゃれなティーカップを持ち上げて、香りを楽しみながらうっとりと微笑む。

「だからね、今はしばらくこのひとときを楽しもう。私と君だけの時間だ」

「……まあ、うん」

ぱしゃぱしゃと水音が聞こえてくる。カフェではゆっくりとした時間が流れていて、荒波みたいな学校とはまるで違う世界に迷い込んでしまったみたい。

けどそれが、ぜんぜん嫌じゃない。水着姿の真唯の美しさもまた幻想的で、目を奪われちゃいそうになる。

がんばってることとか、疲れちゃうこととか、そんなのが全部ローズヒップティーに吸い込まれて、砂糖みたいに溶けてゆく。

悔しいけど、確かにここは落ち着く。さすが真唯が自信をもってオススメする『いいところ』だ。

両手でティーカップを包み込みながら、わたしはぽつりと。

「……なんか、ありがとね」

「うん？　なんだい、藪から棒に。かわいいぞ、れな子」

「ば、ばか」

カップで口元を隠しながら、ぼやく。

「なんか、確かにこういうのいいかもって思っちゃったし、ひとりだったらぜったいにこんなとこ来れなかったし……だから、連れてきてくれてありがとね、って……そのお礼」

「ふふふ」

「めっちゃニヤニヤされてる……」

「シチュエーションのおかげとはいえ、れな子が喜んでくれたのなら、恋人冥利に尽きるからな」

「はいはい……ありがとね。あなたのセンスだけはすてきだよ、もう」

なんか悔しいけど、今ばっかりは大人しくいい気分にさせてあげようじゃないか……。

わたしはぼんやりとプールを眺める。広々として、水が透き通っていて、夜にはライトアップされるらしい。

……今よりもっと真唯と打ち解けたら、わたしも水着になって、彼女と一緒に泳いだりできるのかな。

それはなんだか、とっても魅力的な誘い……に思えてしまった。

「ああ、また明日だ。しかし、本当に送らなくていいのか？　途中までは一緒なのに」

「いいってば。ここで十分」

赤坂駅の改札前。真唯は車で迎えを呼ぶらしいけど、さすがにそこまで甘えるのはね。色々とお金も出してもらったんだから。

「そうか……。じゃあ、ここでお別れになってしまうな」

真唯が離れがたいと思っているのが、わたしの拙い空気読み力でもわかってしまう。学園のスパダリのそんな寂しそうな憂い顔を見るの、初めてだ。

「てか、明日はさすがに髪、結んできてよ。いい加減、親友モードになってよね」

「ああ、そうだな。満足したわけではないが、きょうは楽しませてもらったからな」

ぽんぽんと、気安く真唯がわたしの頭に触れる。触れた手は熱い。

往来の邪魔にならないよう隅っこに立っているけど、誰かに見られるかもしれない。特に真唯は通行人の注目を集めてしまうやつだし。

「いや、あの……」

たおやかな指が、わたしの顎の下へと回る。

宝石を弄ぶように喉を指で転がされると、まるで急所を責め立てられている感覚になった。

真唯の顔がゆっくりと近づいてくる。獲物を動けなくしてから仕留めるやり方だ。そういう意味では、真唯は天性のハンターなんだろう。

でもわたしは、口と口の間に手のひらを差し込んで、真唯をじいっと見返す。

「……付き合って一週間のやつとキスするような、チョロい女じゃありませんから」

精一杯、虚勢を張ると、にっこりと真唯が目を細めた。

次の瞬間、がしっと手首を掴まれ、ガードを剝がされる。

「ひえ」

遮るもののなくなった口元に、真唯がその唇を近づけてきて……。

ま、待って待って、そんな、真唯――。

触れる寸前、ぴたりと止まった。

「……ふえ？」

「無理矢理は、趣味じゃないんだ。きょうはこれで我慢しておくとしよう」

そのまま鼻の頭に、ちゅ、と口づけをされた。

ずっと固まったまま身動き取れなかったわたしは、そのリップ音でハッと我に返る。

「!?」

慌てて飛び退き、両手で口元を押さえる。な、な、な……。

今、唇が、ちゅって、今！

「れな子は本当にかわいいな」

違う、今のは違う。別にキスされたからパニくってるわけじゃない。てか鼻だし。そうじゃなくて、真唯をやり込めてやったと思った直後にひっくり返されたから、びっくりしただけだし！　まったく！

「違うから……とにかく、違うから！」

一対一で真唯の全力の好意を浴びていると、まるで流れるプールのアヒルちゃんにでもなった気分だ。あまりにも真唯が強すぎて、断れる自信がなくなってくる。

鼻の頭が、発熱してるみたい。

「とにかく！　次回は絶対に親友モードで！　わたしがよさを教え込んでやるから！」

熱を逃がすみたいに声を荒らげて、真唯をにらみつける。やはり真唯は楽しそうだった。

「それはそれで楽しみだな。れな子が私のために考えてくれるデートコースか。親友冥利に尽きるというものだ」

「別にデートじゃないから！　いや、親友同士でも冗談でデートとか言ったりするけど！　あぁもう女子ってややこしいなあ！」

「だったら恋人でいいんじゃないか？　ふたつの顔を使い分けるのは面倒だろう？」

「いいから！　うるさい！　やるの、親友！　やるの！」

真唯は肩をすくめた。結局最後には、駄々っ子みたいになってしまった。不覚……。

「ふふ、それじゃあれな子。きょうは本当にありがとう。次も楽しみにしているよ」

「はいはい！　電車来るからもう行くよ！　またね！」

「またね。……好きだよ、れな子。次のキスは唇に」

ちょんと指でわたしの鼻の頭をつついて、真唯は立ち去っていく。取り残されたわたしの顔は、さぞかし赤くなっていただろう。

ああもう、あいつ！　あいつー！

地団駄を踏む。きょうはほんと、最後までやられっぱなしだった。

颯爽とした後ろ姿をいつまでも眺めているとわたしのほうこそ彼女を好きみたいになってしまうので、細く繋がった林檎の皮をぷちりとちぎるみたいに振り返って歩きだす。

疲れた。最後の駆け引きで、どっと疲れたな……。

恋人同士はやっぱり、息が詰まる。

照れたり、恥ずかしかったり、意識しすぎて緊張したり。

こんなのぜんぜん、楽しくない。

「……見てなさいよ、真唯。次はわたしが、親友の面白さを叩き込んでやるから」

誰にも聞かれないようにそうつぶやき、わたしのやる気は駅のホームで再起動した。

真唯のペースにいつまでも乗せられてなるものか！

翌日、きっちりと髪を結んでやってきた真唯を、わたしはSNSのメッセージで誘った。

それを受け取った真唯は期待に輝いたようなキラキラの目でこっちを見てきて、わたしは澄まし顔でその視線をやり過ごす努力をした。

だって別におかしなことはなにもないでしょ。

親友を家に遊びに呼ぶぐらい!

＊＊＊

スパダリが明らかに緊張しているのを見るのは、実はけっこう楽しかった。

「というわけで、ここがわたしの部屋。なんの変哲もない一般庶民の部屋ですが、ご遠慮なさらずどうぞどうぞ」

開け放った部屋のドアから、超美形の女性が中を覗き込む。人見知りする小さな女の子みたいな真唯は、めちゃくちゃ新鮮だ……。

「ああ。お邪魔するよ。うん、なんかあれだな。すごく、そう、れな子の部屋でルームな感じがする。雰囲気がこう、そういうムードだ」

ものすごいバカっぽい真唯の言動に、思わず笑ってしまった。

わたしの部屋は雑誌とかで見るような『女の子！』って感じの部屋とはぜんぜん違ってて、カーテンもカーペットも地味だし、ベッドの枕カバーでさえ無地。ティッシュもネコのカバーなんてなく丸出しで、外面は取り繕って中身はスカスカなわたしそのものじゃん……。

唯一変わっているのは、女子の部屋には似つかわしくないテレビとごつい据え置きゲーム機。アルミラックの中のゲームソフトは、アイドルの握手券目当てのファンが買ったCD並みに積んである。

部屋の中を見せるのは、自分の脳内をひけらかすのと同じだと聞いたことがある。わたしという人間の大部分はテレビゲームで作られているのだった。

「というわけで……ゲームが趣味の甘織れな子なんですよ」

もじもじしながら、二ヶ月ぶりに自己紹介する。

真唯ならたぶん引かないんじゃないかな、って予想はしてたけど、でもこれで『ゲーム？　男子中学生みたいだな。ダッサ』とドン引きされてたら泣いちゃうな。

実際、真唯は引かなかった。

興味深そうに部屋の中を見回している。

「うん、なるほど。れな子らしい趣味だな。私はゲームなどはやったことなかったが、興味はある。遊んでいる姿を見せてもらえるか？」

それどころか、自ら進んでわたしのことを理解してくれようとしている姿に、思わず胸がキユンとしてしまう。真唯、いいやつ……。

「い、いいけど……遊ぶならふたりで遊ぼうよ？　せっかくうちに来たんだし。ね？」

いまだにわたしの部屋のどこに腰を下ろしていいのかわからず立ちっぱなしの真唯に、クッションをぽいと投げる。真唯は戸惑ったままわたしの隣に腰を下ろした。

「しかし、さっきも言った通り私は未経験だ」

手にコントローラーを握らせる。その拍子に指先が触れ合ってしまったけれど、別にドキッとしたりなんかはしない。だって今は親友だし。しないってば。

「大丈夫大丈夫、簡単なゲームだから、真唯ならすぐに覚えられるって」

それに、と付け加える。

「変な遠慮しなくていいから。親友でしょ？」

にっこりと笑う。真唯は視線をあちこちにさまよわせてから、「そう、だな」と小さくうなずいた。その頬はちょっぴり赤くなっていた。

うぐ、やっぱりきょうの真唯はなにかが違う。無防備で素直すぎる。

ただでさえ顔がいいんだから、殊勝にされるとかわいさだけが引き立ってしまう……。わたしは電源を入れて、無理やり話を先に進めた。

「じゃ、じゃあ、ふたりでゾンビを撃つゲームやろ！　あーわたし、一度でいいからふたりでプレイしてみたかったんだー！」

「したことはなかったのか？」

「ないよー。だって友達を部屋に呼ぶのだって、初めてなんだもん。だって、『新しいゾンビゲー出たからうちでやろうぜ！』とか言っても、え、女子高生がなに言ってんの……？　って感じになっちゃうでしょ……」

「そうかな？　みんな受け入れてくれるんじゃないか」

「真唯が言ったらそうかもだけど……わたしにはちょっとむずかしいですね……」

「ふむ。しかしおかげで私がれな子の初めてになれたのなら、光栄だよ」

「ヘンな言い方しないの！」

　わたしは彼女をリードしてぐいぐいとゲームを進めていく。完全に攻守の逆転した真唯は引っ張られるまま、わたしのテリトリーで一生懸命コントローラーを操作していた。

　その真剣な横顔を見て、胸がじんわりと温かくなる。

　これが、友達……。ふたりで一緒にゲームしたり、趣味について語り合ったり……。他にどんな邪魔も入らない、損得の関わらない関係……。

　ああ、これこれ……。わたしが求めていたのは……この安らいだ空間なんだ……。

「そっちじゃないよ、真唯。ほら、こっちこっち。ここに弾薬あるから拾っていいよ。あ、右からゾンビ来る！」

「ああ、わかった。こっちは任せろ。む、どこからか声がしたぞ。まだ他にも残っているんじゃないか?」

真唯はどんどんとうまくなっていって、わたしがちょっと悔しくなるぐらいだったけど、それ以上に背中を任せる相手として頼もしかった。

テレビの前で無邪気にきゃいきゃいと騒ぐわたしたちの間には駆け引きとか、空気読むとか、そんなのはまったくなくて。

ああ、やっぱり友達がいちばんいい。これ以上の関係なんてありえない。

プールも素敵なところだったけど…………おうち、最高!

やってることは、女子高生ふたりがグロテスクなゾンビを撃ち殺しているっていう、人様にお見せできない光景なんだけどね!

「ねえねえ、どうかな、初めてやったゲームは」

という感じで隣を見ると、真唯が同じようにわたしを見つめていた。

思わず『うっ』とのけぞってしまう。顔、近っ。

昨日のプールなんかよりよっぽど近い。体温さえ届きそうな距離で、わたしは無理やりにでも「さーって次のステージ!」と明るい声を発した。そうでもしないと、なにかに飲み込まれてしまいそうな気がした。

「うん、そうだな」

真唯はあっさりと正面に向き直った。わたしはほっとしてため息さえついてしまいそうだったけど、内心の動揺を見透かされたくないから平然としたフリでコントローラーをかちかちと動かす。

この日、わたしはすごく楽しくて、だからこそ真唯も同じ気持ちで同じように友達っていいなあって思ってくれていると信じてしまったのだ。

翌週に起きた事件は、つまり、わたしのチョロさが招いた事態だった！

＊＊＊

翌週の月曜日、学校にて。

わたしは、髪を下ろした恋人状態の真唯からメッセージをもらった。

内容は『こないだ初めてゲームやってめっちゃ面白かったから、きょうも遊びに行っていい？』という感じのものだった。

悩んだよ。恋人モードの真唯を家に上げてしまったらどうなるだろう……って。

断れないわたしは機械的に『もちろんいいよ』の返事を出した後で、机に突っ伏した。ＯＫしたくせに往生際（おうじょうぎわ）が悪い。

休み時間になっていると、紫陽花さんが「れなちゃん、さっきから悩んでるねー」と話しかけてきてくれた。

たんぽぽの綿毛みたいなまつげに彩られた瞳はあまりに清らかで、わたしは慌ててごまかすしかない。

「いや、なんていうか、きょうの用事どうしよっかな、みたいな」

　こんなんじゃ意味が伝わるわけがない。言い直す。

「家で勉強するかどうしようかって悩んでたけど、友達に遊びに誘われちゃってさ」

「私だったら遊んじゃうかな？　勉強は遊んだあとでもできるから」

　ニコニコとそう答える紫陽花さんに、全身がマッサージされたみたいにわたしもへにゃりと相好を崩した。

　そうだよね、遊ぼう、遊んじゃおう！　という気分でいっぱいになった。紫陽花さんの言葉は天使の啓示にも等しかった。

「わかった！　じゃあ遊ぶことにするね！」

「いいなー。なにするの？」

　無邪気な問いかけに、わたしは笑顔のまま沈黙した。

　紫陽花さんに本当のことを言ったら、どうなるだろう。

　少しだけ想像してみた。

『ゾンビの頭部を銃で撃ち抜くんだ。当たった瞬間に脳漿がパァンと飛び散ってね！　すごく気持ちいいんだよ！』

紫陽花さんが自分の胸を抱くように腕組みをしながら、わたしを見下ろしている。光のない瞳で冷たく尖った言葉を吐く。

『は？　キモ』

ただの妄想なのに、あわや泣いちゃうところだった。

紫陽花さんは人間力が高すぎて『こんないい子がいるはずない！』ってなっちゃうから、見えないとこにどす黒い闇があると思い込んでしまうのだ。病気か？　わたし。

「えと……家でなんかこう、ゴロゴロかな！」

当たり障りなく答えると、紫陽花さんはもちろん光一色の微笑みを浮かべて。

「ええー？　友達とごろごろするの？　なにそれ、楽しそうだね」

口元に手を当てて上品に笑う天使を血で汚すわけにはいかない。わたしは秘密を守り通し、その後は真唯に改めて『きょうもよろしく！』と返信した。

こないだはあんなに緊張してた真唯だ。家に招いたところできっと大丈夫。うん。

また一緒にゲームで遊べるなんて、楽しみだなあ！

恋人の日は別々に教室を出て、後から外で合流する……というのが、真唯のこだわりらしい。意味がよくわからなかったが、なるほど、という気持ちになった。

というわけで電車に乗って、四駅先の我が家へ向かう。真唯とふたりでいても前ほど緊張しなくなったのは、一週間もべったり一緒にいるからかな。

しかし、ちょっとしたアクシデントが起きてしまった。パートから帰ってきたばかりのお母さんと、我が家の玄関先でばったりと遭遇したのだ。

あっ、と思って立ち止まる。お母さんもこっちを（てかその後ろに立つ真唯を）見て固まっていた。

「えと、友達」

真唯はささっと表情を取り繕うと、いかにも『ミス・パーフェクト』な外面で頭を下げる。宿題忘れた香穂ちゃんが友達に写させてもらうとき並みのスピードだった。

「初めまして、王塚真唯と申します。れな子さんの学友をさせていただいております」

ふわりと芳醇な薔薇の香りが舞ったような気がした。

その百点満点中、五〇〇〇点ぐらいの自己紹介（顔がよすぎるので四九〇〇点プラスされている）を受けて、わたし同様小市民のお母さんは目を白黒させながら。

「あ、あの……えと……はい、どうぞれな子をよろしくお願いいたします……？」

勝手によろしくさせないでほしい。

「ええ、もちろんです」

人類の平和を守ると誓った地球大統領みたいな顔でうなずくと、真唯は気品高く微笑みながらわたしを視線で促した。

あ、そうだった。突然のエンカウントでなんか吹き飛んでた。

「そう、あの、真唯は友達で、遊びに来たの。ていうか先週も来てたんだけど、お母さんパートでいなかったから」

「ご挨拶が遅れまして、申し訳ございません」

「い、いえいえ、そんな、滅相も……。え、れな子、ほんとにあなたのお友達？　お忍びでやってきた王族の方とかじゃなくて？」

「それは」

きょうの彼女は髪を下ろしている。ということは厳密には友達ではなく……！

真唯はわたしに意味深に微笑むと、改めて「れな子さんとはとてもよいお付き合いをさせていただいております」と言った。言いやがった。

そのスレスレの発言も、お母さんはもちろん気づかず、そんな大層な娘ではないのに、とでも言いたげに首を傾げたままだったけど、わたしのうなじはチリチリと熱い。

温めすぎたストーブから避難するみたいな気分で、わたしは靴を脱いでさっさと歩いていく。

今は真唯に表情を覗かれないように、距離を取りたかった。

「今から真唯とゲームして遊ぶから！　お母さん、部屋に入ってこなくていいからね！」

後ろの方から、真唯の落ち着き払った声が聞こえてきた。

「それでは、お邪魔します。素敵なお義母さまだね、れな子」

どさくさに紛れて『お義母さま』とか言ってるんじゃないよ！　恥ずかしい！

部屋に入った後も、しばらくわたしは背中に汗をかいていた。

「お母さんにあんなこと言うとか、なに考えてるの⁉」

「なんのことだい？　私と君は間違いなく学友として、よい付き合いをさせていただいているはずだけれど。それとももしかしてれな子はなにか別の意味で受け取ったのかな？」

微笑みは、それこそ鉄壁の要塞のようだった。

パワーバランスが揺らいでいる……。なんか、こないだとぜんぜん違うな……。

「いいけど別に……。真唯を部屋に呼んだのはそういうつもりじゃないからね。わたしはふつーにゲームがしたかっただけだからね」

「もちろん、私だってそのつもりさ。親友としても本当に楽しかったからね。恋人としてならきっともっと楽しいに違いないと、私も確信しているよ」

見せつけるみたいに、真唯はその長い髪を手で払った。部屋に媚薬のような真唯の匂いが散布され、わたしは思わず顔をしかめた。

部屋に敵が攻め込んできたみたいだ。気を引き締めなければ……。

「……こないだはわたしを油断させるために、猫かぶってたの？」

「いや、ただ単に緊張していた」

「だったら今回も緊張してなさいよ！」

「恋人の要望に応えたいのはやまやまだが、私は一度経験したことはたいていうまくこなせてしまうんだ。恋人相手に気合いが入ってるということもあるしね」

「そうですか……」とわたしは言った。そう言う以外になかった……。

　この前よりちょっとだけ距離を空けて座ったけれど、肉食獣と同じ檻に閉じ込められた気分のままだ。

　真唯はなにかをひらめいた顔でゲーム機のそばに這い寄っていく。

　ハイハイなんて真唯とは無縁の行為だと思っていたけど、いざ後ろからその姿を見てみると、スカートに包まれた小振りなおしりが左右に揺れてなんとも、こう……。なにを考えているんだわたしは！　相手は同性だぞ！

　想定外の動揺をよそに、真唯はゲームソフトを持って振り返ってきた。

「これで遊んでみないか？　きょうの私と君では、協力プレイよりむしろ、対戦プレイのほうがふさわしいと思うのだけれど」

　挑発するようなその視線に、わたしはよくわかんない昂りをぐっと飲み込んだ。

　真唯は蠱惑的な表情を浮かべ、唇を舐めてこっちを見つめてる。まるでわたしを試すようなその目つき。ほんとやらしい。

ぐぬぬ。

「……いいよ、わかった」

友達になるにしても、わたしには一度『真唯に勝った』という実績が必要だ。別にクラスでつるむだけならなんだっていいけど、わたしの願う『親友』はそういうんじゃない。相手と打算のない信頼関係で結ばれてなきゃいけない。対等でいなきゃ。

あと、一度ぐらい真唯に『まいった』って言わせたいしな！

「わかった！　やろうじゃんか！」

まあ、それが一度も真唯の遊んだことないゲーム（しかも真唯は先週初めてゲームに触れた）っていうのは、さすがにチキンすぎかもしれないけど！　しょうがないね！　真唯だったら一週間でわたしなんて抜かしちゃいそうだから！

いいの、初心者狩りでも勝ちは勝ち！

わたしがやる気になったところで、真唯はさらに掛け金をレイズしてきた。

「だったら、勝ったほうが相手になんでもひとつお願いをしても構わない、というのはどうかな。恋人同士はこういう遊びをするものだろう？」

「えっ、む……」

反射的に『ムリ』と言いかけた口をつぐむ。

真唯はわたしを精神的に揺さぶりにきているだけだ。ほら見てよ、あのニヤニヤ顔。

ここで勝負しなかったら、次の真唯はもっと手強くなって、用意周到に勝負を挑んでくるに決まってる。

「い、いいよ、やろう」

「ふふ、それでこそだね、れな子。ああ、君は本当に好ましいな」

わたしは唇を尖らせながら、対戦格闘ゲームのディスクをゲーム機に差し込んだ。

このゲーム自体は難しくて、ぜんぜんやり込めずにやめちゃったんだけど、それでも一ヶ月ぐらいはランクマッチで対人戦を繰り返したし。システムすら理解してない真唯に負けるはずがない。

「じゃあ五回先取したほうが勝ちってことで。練習時間とか、いる？」

「それは大丈夫だ。代わりに、一度でも私が勝ったら、私の勝ちにしてくれるというのはどうだろう？」

「ハンデはあげません。真唯だったらすごいラッキーでマグレ勝ちとかしそうだし……」

「そうか、つれないな。まあいいさ。恋人のかわいいワガママを許してあげるというのも、私にとっては愛情を示すための手段のひとつだ」

真唯は自信たっぷりに笑った。きっとわたしが勝っても『れな子は強いな』って言って笑みを崩したりはしないんだろうけどさ！

それでも、負けられない戦いがここにある！

わたしは三勝五敗でふつうに負けた。

なんだと。


「私の勝ちだね」

な、なんで……? と呆然(ぼうぜん)としていたのもつかの間。

わたしは真唯をにらみつける。

「……あんた、こないだはゲームやるの初めてって言ってたのに」

毅然(きぜん)とした目で見返された。

「私はれな子にウソはつかないよ」

「だ、だって」

真唯はあくまでも微笑みを崩さない。

彼女の言葉はきっと真実だ。だって、そんなことをすれば今ここで勝ったって、結局わたしの信頼を失ってしまう。そんなこと真唯はぜったいにやりたがらないっていうのはいくらなんでもわかる。

わかるけど、だったらなぜ!?

真唯はエッヘンって擬音が聞こえてきそうな、かわい憎たらしいドヤ顔をした。

「だから、あの帰りにゲーム機を買ってね。特訓したんだ。れな子をびっくりさせようと思ってさ。どうかな？　びっくりした？」

「唖然としたよ！　土日でここまで仕上げてくるあんたのその才能と執念にね！」

対戦中、薄々そうなのかもしれないって思ったけど！　だからって、二日練習しただけのやつに負けるなんて！

「守りのテクニックを磨く時間はなかったからね。強い行動の押しつけと、コンボだけを練習してきたんだ。これならひとりでもある程度はできる。れな子は少し慎重すぎたな」

「くそう、ミス・パーフェクト！　このスクールカーストスカイツリー女！」

ゲーマーとしての自信がバッキバキにへし折られてゆく。

わたしが突っ伏して床をバンバン叩いていると、脚を崩して座る真唯のタイツに包まれた膝小僧が見えた。嚙みついてやろうかと一瞬思う。

さらに追い打ちみたいな声が降り注いだ。

「それで、私が勝ったんだ。なんでもひとつ、お願いを聞いてくれるんだろう？」

二夜漬けを悪びれもしない真唯だったが、とはいえ『二日練習してきた』と言われたところで、わたしは舐めてかかっていただろう……。

「うう」

「な、れな子」

「そういう約束だからね……」

しかし、なんでもひとつ……なんでもひとつかあ！

「だからってあんま無茶なのは聞けないよ!?　下にお母さんいるんだし！」

真唯はにっこりと微笑んだ。

「…………もちろんだとも。わかっていたさ。これはあくまでも遊びの延長だからな」

「今の間はなんだ!?」

「あわよくば、という気持ちはいつでももっていたい」

「……わたしが止めなければ、どんなことをお願いしてくるつもりだったんだ」

真唯がちょっと恥ずかしそうな顔をした。

なに。

「子を、孕んでもらおうかと、な」

「その棒ないだろお前！」

十六歳。甘織れな子。処女。まさかこんなことを叫ぶ日が来るとは思わなかった。

「ていうか、遊びの罰ゲームでわたしの一生を決定づけるつもりだったの!?」

「そのぐらいの愛をもって君と接しているんだということを、理解してもらいたい」

「うそつけ！　あわよくばの気持ちだろ!?」

「どうだ、心が沸き立ってきたかい？」

「理解すればするほど覗き込む深淵の底知れなさに恐怖しか湧き上がらないんだけど！」

体を抱きながら、真唯から距離を取る。

自分の部屋なのに逃げ場がない。

真唯はこほんと咳払い（せきばら）をした。

「どっちみち、冗談だ。大切なことをこんなゲームで決めたりはしない。しっかりと君自身の意志でわたしを選んでほしいからな。どうせ最終的にはそうなるのだ」

「決定事項みたいに言うんじゃない……」

恋人じゃなくて親友になるためには、こいつの自信をへし折らなきゃいけないんだと思うと、げんなりしてくる。

「じゃあ、どんなお願いがあるのよ……」

「そうだな。無限にあるんだが」

「無限に」

「しいて言えば、このあたりか」

真唯はバッグから丸めた半紙を取り出した。

なんてもんを用意してるんだ。

勝つ気満々だったらしい真唯の広げた紙には、達筆でこう書かれていた。

れな子を
ギュッとしたい

読み上げる。

『れな子をギュッとしたい』

勝訴の紙を見せつけてくるような満足げな真唯に、半眼を向ける。

「なんか、普通すぎて逆に怪しい……」

「なるほど。やはりこの程度では君も物足りないか。安心してくれ。もっと刺激が強く、君にも楽しんでもらえそうなものも、用意してある。例えば君のおっぱいを」

「あっ、ギュッとがいいです！　それがいいです！」

次の半紙を取り出そうとしていた真唯が、ミラーボールみたいに顔を輝かせた。

「本当か？　そうか、嬉しいな。嫌がる君に無理やりというのも乙なものではあるが、やはり受け入れてもらえるのならばそれに越したことはない」

「ああ……はい……」

わたしは観念することにした。

こないだは鼻の頭にキスされたんだ。抱きしめられる程度ならね……。

「では、両手を広げてくれ」

「へいへい……」

どうなってもいいやの精神で、かかしみたいに大げさに両手を伸ばしていると、真唯は真剣な表情でわたしのそばまでやってきた。

そりゃあ顔の造りが整った美形である真唯だ。間近に迫られるとドキドキしちゃうのは仕方ない。わたしはノーマルだ。わたしが悪いわけじゃない。

しかも、さっきまでふざけ倒していたくせに、ここぞとばかりに真面目な顔をするんだから……。顔のよさを自覚している美人っていうのは、本当に、厄介な存在だよ。

「それじゃあ、失礼するよ」

「う、うん……」

ゆっくりと、壊れ物を扱うみたいに、真唯がわたしの体を抱きしめる。

家族じゃない人に包み込まれる感覚は、今まで一度も味わったことがない未知の領域で。なんて言えばいいのかわからない。ただ、指もつま先も張り詰めているのに、同時に弛緩して満ち足りているような、不思議な感覚だった。

「れな子」

「っ」

耳元に声がして、それが人の体であることが思い出される。しかも相手はただの人じゃない。その一分一秒が絶大な価値をもつ真唯だ。

わたしなんかとは比べ物にならないほど貴重な彼女の時間を専有してしまっているという後ろめたさが、背筋をゾワゾワゾワと這い上がる。

「れな子、好きだぞ」

「わ、わかったから……それは、もう……」

今この瞬間、真唯はわたしのことだけを考えている。

わたしの体温だけを、感じている。

「大好きだ、れな子。いつまでもこうしていたい」

「な、長くないですか……？」

「ぎゅー」

「むぐ」

密着状態で上半身をぐりぐりと押しつけられて、もしかしたらわたしの心臓のドキドキが伝わってしまうんじゃないかという心配に、余計顔が熱くなってゆく。

いや、別にやましいことなんてなんにもないっていうか。相手が誰であれ、こんな風に熱烈に抱きしめられたら、そりゃドキドキしちゃうし。……という、先ほどしたばかりの言い訳をまたも重ねる。

とにかく。性格はともかくだ。真唯はすごく綺麗で、信じられないような美しさをもっている女で、羨ましいと思うことすらおこがましいような、そんな存在だったのだ。

なのに。

「あ、あのさ、真唯」

わたしは力なくかすれた声をあげた。「なんだい？」という真唯の声音は、好きな少女を抱きしめながらの場面で、いかにも満ち足りているように聞こえる。

だから、問いかけずにはいられなかったというか。

「……真唯ってもしかして……本当にわたしのこと、好きだったり、するの？」

肩を押された。真唯の目がわたしを見つめている。猫がびっくりしたときみたいに、彼女の瞳孔が軽く開いていた。

真唯は正面からホースで水を浴びせてくるみたいに。

言った。

「今さらか⁉⁉⁉」

わたしの自覚ない発言は、『スパダリ』にそんな顔をさせるほど、衝撃的だったようだ。

朝のホームルーム前。これから長い一日が始まるんだぞ、っていう一番憂鬱（ゆううつ）なその時間に、わたしはぼーっと考えていた。

昔から、人気者とか、人に好きになってもらうことに、憧（あこが）れていた。

でもわたしはどこまでいっても一般人だったから、人生に特別なことなんてなにも起きないんだろうなって予感だけがあった。

だからこそ、自分で行動して変わらなきゃって思ったわけだし。それは裏返すと、誰も自分の人生を助けてくれないんだっていう、シンデレラを期待できない現代っ子のドライさでもあったんだろう。

友達は『自然にできる』ものじゃなくて『がんばって作る』ものだったし、居場所やグループも、しがみついてなんとか維持し続けなければならないものだったから。

誰かから特別な好意を向けられたとき――わたしはその塊（かたまり）をどうしても飲み込むことができなかった。

ていうかぶっちゃけ、いまだに信じ切れないしなー……。

「れなちゃん。朝からたそがれてるねー」

はっ、天使の紫陽花さん。

「う、うん、まあ、ちょっとねー……」

きょうの微妙なテンションのわたしには、紫陽花さんのかわいらしさは目に毒だ。

もしかしたら紫陽花さんもわたしが好きだから話しかけてくれているのでは……？　なんて勘違いが沼から浮かび上がりそうになって、慌ててその足首を摑んで引き戻す。ごぼごぼごぼごぼ。

すべては真唯のせいなんだ。わたしはなにも悪くないんだ。そりゃ、恋人としての真唯を部屋に招いてしまったのは、わたしのミスかもしれないけど……。

「わ、ほんとだ。手冷たいね。末端が冷えると、よくないこと考えちゃうって言うよ？」

「ひえ」

ぼけっとしていたら、紫陽花さんに手を握られてしまった。温かい手に包まれて、末端よりも先に顔が熱くなってきてしまう。

やっぱり紫陽花さんも、わたしのことが好きなのか!?

いやいや違う違う。紫陽花さんは普段からボディタッチ多めだし、男子にもよく触ったりしているし……。

　正直、紫陽花さんとは、前からずっとふたりでお出かけとかしたいなって思っているけど、わたしから誘って断られて『は、うざ……勘違いしないでくれる？　陰キャが』って吐き捨てられるのが怖くて、ぜんぜん実行できてない。

　いいんだ……紫陽花さんはわたしだけの紫陽花さんじゃないから……。

「あれ、また手が冷たくなってきた？」

　しかもその戸惑い顔越しに、登校してくる真唯が見えたのだから、もう大変だ。

　ひっ、見られた！　紫陽花さんに手を握られている姿を、見られてしまった！

　なんでわたわたしちゃうのか、わたしが一番意味わかんないけど、急によくない気がしてきたので手を離して立ち上がる。

「ちょ、ちょっと！　トイレ行ってくる！」

「え？　あ、うん。いってらっしゃーい」

　髪を結んだ真唯と入れ違いに教室から出ていく。クラス中に鼓動の音が響きそうなほどに心臓が高鳴っていた。

　クールダウン、クールダウン、と繰り返しつぶやくものの、わたしの心はまるで従ってくれない。学校生活、真唯に振り回されすぎ！

「というわけで、ちょっとすり合わせておきたい……」

放課後に立ち寄ったカフェ。二人席に向かい合わせにして座るわたしたち。

学校帰りの生徒たちでガヤガヤと騒がしい中、真唯はニヤニヤと口の端を吊り上げる。

「ほう。唇と唇をか？」

「違う！　今は親友モードだろ！」

真唯を尖った目で睨みつけるものの、どこ吹く風。彼女は結んだ髪をこれ見よがしに指でいじっていた。抱きしめた程度で『一歩リード』とか思いやがって、こいつ……。

あちこちから視線を感じる。「ねえあれ、王塚真唯じゃない？」というささやき声もだ。真唯はこの辺りの有名人で、インスタでも某有名雑誌のモデルとして顔見せているし、堂々と制服姿を披露しているので学校の特定は余裕だったりする。

学内でグループの一員として注目されるのは悪くない気分だけど、こうして外で不躾に見られるのはまだ慣れない。『あいつなんで王塚真唯と一緒にいんの？』『ぜんぜん釣り合ってないじゃん。笑』みたいな声なき声が聞こえる！

いや、だからなんだってんだ！　わたしは甘織れな子だぞ！　中学までのわたしとは違うんだ！　胸を張ってやる！　しかも真唯はわたしのことが好きなんだからな！

「どうした？　なぜ顔を両手で覆っている？」

「いや……自分を奮起させるためとはいえ、プライドを売ってしまった気がして……おのれを恥じていた……」

よりにもよって、真唯がわたしのことを好きだという事実を引っ張り出してきて、身を守るための盾に使うとは……。都合がよすぎる！　わたしのばか！

「真唯は友達、真唯は友達、真唯は友達、真唯は友達……よし、立ち直った！」

力押しみたいな気分で言い張ると、真唯は肩をすくめて、カプチーノに口をつけた。

わたしはミルクティーのカップをテーブルの端に寄せ、ルーズリーフと筆箱を取り出す。そのルーズリーフから二枚の紙を取り外し、お互いの前に置く。

「きょうはちょっと整理させてほしい」

「整理？」

「うん。真唯は恋人にどんなことを求めているのか、一度聞きたくて」

「つまり私のことがひどく気になっているんだな」

「そうだね、ある意味ね！　頭の中身を解剖できればそれが一番なんだけど、そういうわけにもいかないからね！」

ジト目で見やりつつ、シャープペンを真唯に手渡す。

「わたしは友達になったらしたいことを箇条書きにするから、真唯は恋人になったらしたいことを箇条書きにして、見せ合おう」

「ふむ。別に構わないが、この紙一枚にはとても書き切れないぞ」

「代表的なやつでいいから！　……てか、あんたのことだから、『サプライズにしたいからダメだ』とか言ってくるのかと思った」

　真唯は口元に手を当てて、控えめに微笑した。

「はは、サプライズなどに頼る必要はない。私が本気で喜ばせると決めたのなら、世界中で喜ばない者などいない。君は必ず喜ぶさ」

　大言壮語もいいところだ。

「大した自信だよね。……こないだはわたしに気持ちが伝わってなかったって知って、愕然としてたくせに」

「……さ、それじゃあ書くとしようか」

「あっ、こいつ聞こえないフリした！　あの王塚真唯が！　天下の王塚真唯が！　ミス・パーフェクトさまが聞こえないフリ！　いいんですかー？」

　わたしの煽りも微笑みだけで受け流す真唯。さすが頂点に立つ女は妬まれ慣れているからか、煽り耐性もめちゃくちゃ高かった。

　さてさて、友達同士でやりたいこと、か。

　真唯じゃないけど、そりゃわたしだって書き切れないほどある。面白そうなふたりプレイ用ゲームが出るたびに、いつか友達と一緒に遊べたらと思ってリストアップし続けてきた人生だ。真唯はゲームにも本気で取り組んでくれるから、きっと楽しいはずだ。

他にも、行ってみたい場所だってたくさんある。ベタだけど、千葉のネズミーランドとかにだって遊びに行きたい。友達ふたりとなんて、絶対楽しいに決まってる。

なんか、どんどん楽しくなってきちゃうな。

鼻歌を歌いそうなテンションで妄想を書き込んでいる最中、ふと妙に静かな真唯の様子が気になって盗み見る。

彼女は彫像にたとえられるほど美しい顔をして、真剣に紙に向き合っていた。

ドキッとする。そんなに一生懸命、わたしのことを想ってくれているのは、そりゃまあ、嬉しくないと言えば嘘になる……。

俄然(がぜん)、気になってしまった。真唯はわたしと恋人になった上で、どんなことをしたいんだろう。まるで映画に出てくるような、ロマンチックだったり、ドラマチックなことを夢見てたりするのかな……。

「あ、あのさ、真唯。ちょっと見せてもらってもいい？」

「うん？　ああ、もちろん、構わないよ」

お姫様のような笑顔で差し出してくるルーズリーフは、舞踏会の招待状のようだった。

賑(にぎ)わしい喫茶店の喧騒(けんそう)が一瞬聞こえなくなり、わたしはさしずめ姫に見初(みそ)められた平民の少女――と。

ルーズリーフを見やる。

『キスする』『舌を入れる』『おっぱいを揉む』『裸で抱き合う』『一緒にお風呂に入る』『体を洗ってあげる』『髪を洗ってあげる』『脚を揉む』『ふとももを舐める』『指を軽く嚙む』『秘部に触れる』『耳を舐める』『指を舐めさせる――』

欲望の大展覧会だった。

「ちょっとぉ!?」

「どうした？　そんなに大きな声を出して。……もしかして興奮したのか？」

「違う！　やめろ！　頬を染めるな！」

その場でルーズリーフを破り捨てたい気持ちを必死に抑える。

「ていうか真唯……なんなの、最初からわたしの体が目当てだったの……？」

真唯は幼児に告白された保育士さんみたいな、微笑ましいものを見るような目をした。

「なんで!?」

「私の主観を交えない客観的な事実を告げるならば、体が目的なら君を選ぶことはない」

グサッという音が胸の辺りから聞こえた気がした。

「っ、そ、そんなの、わかんないでしょ！　Fあるんだぞわたし！　Fぅ！」

めちゃくちゃ冷静に指摘されたので、恥ずかしくて仕方ない！　理不尽！

わたしが刺された言葉のナイフを一本一本引き抜く処置を施していると、真唯は脚を組み、結んだ髪を撫でながら落ち着いたトーンで口を開く。

「私は、恋人になった相手には触れたいし、心はもちろんのこと、体も結ばれたいと願っている。そんなに意外なことだったか？」

開き直っているような言い草なのに、真唯の口がうまいからか、誠実な人みたいに聞こえちゃうな……。

「それしか書かれていないのは、そりゃ驚きだったけど……。だけどさ」

声をひそめる。

代わりに真唯が顔を寄せてきたので、目を逸らす。

「女同士で付き合いたいっていうのも、なんか、そういう道楽なのかなって思ってて」

「……ほう」

我ながらひどいことを言っている。

でも、あの王塚真唯に見初められた平民は、どうしても思っちゃうんだ。

だったら、そう口に出して伝えることが、今はわたしの誠意だった。

「真唯は死ぬほどモテるし、男に飽きたからたまには女もね、みたいなノリかなって」

「信じてもらえなかったのは寂しいが、私も高校生離れした派手な暮らしをしているという自覚はあるからな」

真唯は苦笑いしていた。

「うん。だから、その、ギュッとされて……なんか、真唯の気持ちが染み込んできて……。本当にわたしのことが好きなのかなって思って、けっこう動揺した。こいつ、なに考えているんだ？　って。急に真唯のことがわからなくなって」

「なるほど。だからこの友達と恋人でそれぞれやりたいことの紙か」

真唯の瞳は思案げに揺れた。

それからこちらに、爪の切り揃えられた指を差し出してくる。

「……なに？　握手？」

「手を貸してくれるかい？」

周囲を窺ってから、わたしはおずおずと手を伸ばす。テーブルの上で、わたしの手のひらをきゅっと真唯が包み込むようにして握った。

真唯の手が少しひんやりしているように感じるのは、きっとわたしの手が熱くなっているからだ。

触れた感触が、紫陽花さんとはぜんぜん違う……。なんか、手だけじゃなくて心まで繋がっているような気分だ。

華やいだ笑みとともに、真唯はもう片方の手を己の胸に当てながら。

「好きな子には触れたい。肉体的な接触を含めた関係が、私にとっての恋人だ。相手が男子であろうと女子であろうと変わらずね。私は君とどんな行為に及ぶ心の準備だって整っている」

後ろが壁でよかった。通路側に座っていたらひっくり返っていたかもしれない。

「ふつーに女同士だとできないじゃん!?」

「方法を知りたいのなら、一晩つきっきりで教えることもやぶさかではないのだが」

「こっちはそんな心の準備なんてできてないんだってば！」

真唯の書いたルーズリーフを彼女に見せつけながら、慌てて言い直す。

「ていうか親友とはこんなことしないし！」

「手のひらがしっとりと汗をかいてきているようだけれど」

「冷や汗だよ！　目の前の女がとんだ狼だって気づいた子豚のね！」

真唯の手を振り払う。これ以上握られていたら、そこから真唯成分が染み込んで、なにもかも真唯の言いなりにされてしまいそうな恐怖心があった。

「なんなんだ……真唯ってめちゃくちゃ肉食系じゃん……」

なんでそうなっちゃったの、と問い詰めようとして、口をつぐむ。

そういえばこいつ、陽キャの中の陽キャだった。しかもモデルでクォーター。そんなのぜったいに性欲強いに決まってるじゃん……（偏見）。

「わかった！　今週末の予定はどう？　空いてる？　それなら、わたしにちょうだいよ！　お出かけするんだから！　熱烈なデートの誘いなんかじゃなくて、親友としてね!?」

まくし立てたわたしのほうを、真唯は面白そうに眺めている。

「君の頼みだ。もちろん、断らないよ」

出た。『自分の勝ちは揺るぎないが、相手の顔も立ててやろう』の笑みだ。

ム、ムカつく！

「こ、こんな、アレなことだけじゃなくて、親友同士で気兼ねなく遊びに行くことがどれだけ素晴らしいものか、あんたに教え込んであげるから！」

実際、追い込まれた気分ではあった。それがなぜなのか、わたし自身は薄々気づいていたが、決して真唯にだけは見抜かれないように虚勢を張る。

だめだ、この女……どうにか、どうにかしてやらないと！

このままじゃ真唯の価値観に染め上げられて、ウェイ系の色ボケ女にさせられる……！

カフェを出た後、すぐに真唯と別れて、急いで家に帰った。

部屋の棚からやりたかったこと、行きたかった場所のリストを引っ張り出して、めぼしいものを紙にまとめてゆく。

徐々にとか、じわじわ真唯を沼に引きずり込むとか、そんなの言っている場合じゃない。次のお出かけで決める。沼なんかじゃない、落とし穴だ。一撃で真唯の胸を串刺しにするんだ。

そのために、明日から四日間お昼休みに真唯の好みをさりげなくリサーチしつつ、最強の予定を組んでやる。

わたしがほしいのは取り扱いの難しい爆弾みたいな同性の恋人なんかじゃない。

三年間、適度な距離感を保って、辛いときや悲しいときにお互い支え合ったりできるような、そんな心の通じ合った最高の親友なんだから！

ただ、そんなわたしの気合いとは裏腹に週末の天気予報は大雨。もしあんまりひどいようなら、キャンセルになるかもしれなくなってしまった。

くそう、天気まで真唯の味方かよ！

＊＊＊

六月の半ばになり、約束は残り半月。天気もわたしに味方した。ふふ、勝ったわ。（早い）

ピカピカの水無月晴れの下、ニマニマと笑う。

待ち合わせ場所は、東京テレポート駅だ。

新宿からりんかい線に乗って約二十分。もちろん普段は地元か、あるいは遠出してもせいぜい新宿程度のわたしだけど、きょうは意気込みが違う。

これはわたしの高校三年間の居心地を決定づける聖戦なのだから！

家族連れやカップルでごった返す東京テレポート駅の改札前。

わたしは気取りすぎない程度のよそ行きおしゃれをして立っていた。

シンプルなカットソーに、ちょっと色味の濃いカジュアルな膝丈スカート。真唯と並んで歩くから、底が厚めのサンダルをチョイスした。

高校デビュー目指した当時、上から下までぜんぶ妹に頼んで見繕ってもらった代物なので、センスはばっちりだ。言ってて悲しくなってきた。

待ち合わせの一三時のきっかり五分前、人混みの中から芸能人のような長身の美女が現れる。真唯だ。

お？　と思ったのは、真唯もまた普段どおりの格好をしてきたことだ。

白いシャツに、ロング丈のフレアスカート。足元はスニーカーだし、妙に気合いが入っていたりとかしていない。もちろん、休日を彩るためのちょっとしたおしゃれはしてるけど。髪のアレンジとかもね。けど、完全に親友モードの雰囲気だ。

「こんにちは、れな子。六月ぐらいが過ごしやすくて、ちょうどいいと思わないかい？」

「そうだねー。晴れてよかった！　ひょっとして真唯って晴れ女？」

「いや、私は私が雨が降ってほしいなって思ったときには降って、晴れてほしいときには晴れる女だ」

「都合よすぎでしょ。そんな人生まかり通っていいの？」

歩きだす。真唯はわたしの横に並ぶ。荷物を持とうか？　なんていう気遣いもそこにはない。

そのぐらいの距離感が、やっぱり心地良い。

「それはそうとして、きょうは遠いところまでわざわざありがと！　スケジュール立ててきたから、めいっぱい楽しもうね！」

長いエスカレーターを上がって地上に出た。海近くだから風が強く、日差しもキラキラ輝いている。

この人工的な非日常感のある街並みが、わたしは好きだ。

「真唯、お台場にはあんまり遊びに来てないって言ってたよねー。意外と真唯って行動範囲狭いんだなーって思ったよ」

「休日にふたりきりで出かけるような友達なんていないからね」

「え、そうなの？　あんだけいつも人に囲まれているのに？」

「学校や仕事で話す相手と、プライベートの時間を割いて一緒にいたい相手は違うだろう？」

「ポジションが違うってことかな？　ちょっとわかるかも」

わたしだって真唯とこんな風にふたりで遊びに行くことになるとは思わなかったし、なんか不思議だな。

ていうか、今わたしは真唯を独り占めにしているんだぞ、って気分になってしまった。

「なにをにやけているんだ、れな子」

「え？　そ、そんなことないと思うけど？」

「そんなに私とお出かけするのが嬉しいのか？」

「それはあるかもね！」

にっこりと快活に答えると、真唯はなぜか照れていた。

「……そ、そうか。まあ、なら光栄な話だな」

軽口を叩き合いながら向かう先は、すぐ近くにあるお台場の名所、オダイバープラザだ。ここはショッピングモールであり、アミューズメントパークであり、なんかすごいいろんなものがたくさん入っている施設だ。リゾートホテルまで隣接してたりする。

入り口に鎮座する等身大巨大ロボットは、お台場に危機が迫った時に目が光って動きだすとも言われている。テンションあがる！

しかし、こうして行楽地を歩いていると。

「真唯、やっぱりめちゃくちゃ振り返られるよね」

「そうだな。ひとりだといろんな人から声をかけられてしまうからね。それが面倒であまり混雑した場所には出ていかないいんだ」

「顔がいい女の苦労話だ……。ね、真唯って自分の外見について、どう思っているの？」

「生まれつき足が速かったり、体が丈夫だったりする人と同じように、自分の立派な武器だと思っているよ」

「その武器、原始時代に持ち込まれたガトリングガンみたいな破壊力あるよね……」

「おや」

真唯は面白そうに片眉を上げてわたしの顔を覗(のぞ)き込んできた。

「そうか、君も私の容姿を気に入ってくれているのか？　ふふ、嬉しいな」

急に微笑まれると、ドキッとするからやめてほしい。

「うえっ、いや、それは……てかそんなに整った顔立ち、好まない人いないでしょ……」

「確かに多くの人に褒(ほ)められる。だがな、それよりもただひとりの好きな相手に喜んでもらえるほうが嬉しい。君は私を孤独の檻(おり)から救ってくれた運命の人だからな」

「だから、大げさすぎなんだってば！　あんたこれからの人生いくらでも運命の人に出会うんだから、もうちょっと気を長くもちなさいよ！」

なんて言っていると「ね、ちょっとそこの君たち、いい？」って、真唯が声をかけられた。大学生ぐらいの男二人組。あわよくば真唯の連絡先を狙(ねら)っているやつらだ。

「ああいや、私はきょうは友達と来ていてな」

真唯が普通に応対しようとするもんだから、わたしはスルーして真唯の腕を引っ張る。わたしほどの陰キャになれば、人をシャットアウトするなど造作もないこと……。

「真唯、いちいち声かけてくる人を相手にしたら、キリないよ」

離れたところでそう言うと、真唯は申し訳なさそうにしていた。

「しかし私は一応、メディアにも露出している身だからな……」

なるほど、ファンサービスとかしなきゃいけないから、片っ端から無視するってわけにもいかないのか……。

よっしゃ。

「だったらきょうの真唯は、わたしが守ってあげるから！」

偉そうに友達に笑いかける。すると、真唯は目を見開いて驚いていた。

「私を、守る……？」

「うん、友達でしょ？　任せて！」

わたしは胸を叩いた。ここで友達に不安な思いをさせたら、きょう一日楽しんでもらえないかもしれないからね。そんなのいやに決まってる！

真唯は虚勢張るわたしを熱っぽく見つめてきていて……し、信用されてない!?

「だ、大丈夫だってば！　わたしだってやるときはやる……と思うよ！」

「いや、そういうわけではなくて……うん、なんでもないよ。じゃあきょうは、君に守ってもらうヒロインの気分を味わうとしようじゃないか」

「ヒロインとかじゃなくて、友達だからね！」

まったく、何度言えば理解するんだ、こいつは！

冷房の効いたオダイバープラザを散策する。目的地は決まっている。ふふふ、そろそろ友達に種明かしをしちゃおうじゃないか。

「あのね、真唯。きょうはね、VRゲームを体験しに行くんだよ」

「VR？　ああ、バーチャルリアリティか。最近そういったゲームが流行しているっていう話は聞いたことがあるな」

真唯はどこか他人事だ。瞳は冷めてさえ見える。

「それじゃあやったことないんだね。わたしはゲームショウとかで体験したことあるんだけど、あれはなかなかすごいよ。真唯もきっとハマると思う！」

どこか近未来的な造りのショッピングモールの通路を歩きながら、ははっ、と真唯が笑い飛ばす。その笑顔に、またも通行人が振り返っていた。

「今のうちに笑っておけばいいよ。数十分後、真唯はわたしに泣いて謝ることになる」

「バーチャルリアリティがどれほどすごいものであっても、それでなぜれな子に謝らなきゃいけないのかわからないが……そうだな、それほど言うなら期待しておこう」

「うんうん」

「もっとも、私は幼い頃からオペラやコンサートに連れられて育った身だ。ショウビジネスに対しては、それなりに目が肥えているとだけ言っておこう」

真唯は着実に負けフラグを積み重ねてゆく。いい傾向だ。

オダイバープラザの中央にあるVRエリアは、予約入場制だ。一度中に入ればお金を出して買ったチケットを使い、好きなアトラクションを遊べるようになっている。

　学生にはけっこうキツいお値段だったりして。『わたしはやりたいんだけど、でもみんなを誘うのはちょっと高いし、迷惑かなあ』って思う金額でも、真唯相手ならその顔色を窺わなくてもいいのが楽すぎる。

　時間ピッタリに到着。スムーズに入場。中のロッカーに荷物を預け、わたしたちはＶＲエリアのアトラクションを見て回る。

　エリアは体育館ぐらいの大きさで、そこかしこに魅力的なブースが点在している。まるでこのエリアがゲームの世界そのものみたいだ。

「真唯はやってみたいものある？」

「ん……。私はよくわからないからな。れな子に任せるよ」

「おっけー！　それならねえ……よし、滑りにいこ！」

　手始めにと、雪山でスノボーを滑降するゲームを体験することにした。

　受付のお姉さんに買ったチケットを二人分渡す。ゲームの説明を受け、仮面舞踏会みたいに目元だけが出た紙マスクを被(かぶ)り、ゴーグルをセットした。

　そこは三六〇度、パノラマで広がる雪山だった。目の前は急斜面で、高所恐怖症の人なら怯(おび)えてすくんでしまうような臨場感があった。前に遊んだときよりも進化しているその解像度に、わたしは胸を高鳴らせた。これがゲームの日進月歩！

「ほう……これは、なかなか」

真唯が感嘆の声をあげる。隣を見ると、普段着のはずの真唯はスキーウェアを着たアバターに変身していた。ようし、これで準備はＯＫ！

「よっし、いこっか、真唯！　ついて来れる⁉」

「……あ、ああ！」

わたしのノリに、真唯も勢いよく地面を蹴って飛び出した。ふたつの人影が風を切って、前人未到のスノーエリアを滑り降りてゆく。すごく気持ちいい。今のわたしは一介の女子高生ではなく、雪山踏破を目指すただひとりの冒険家だ――とか思っていたら突き出した岩場に激突してわたしは吹っ飛んだ。

横から真唯の笑い声が聞こえてきた。

「いや、なかなかすごかったたな」

「そうね！　なんで真唯のほうがタイム速かったのか納得できないけど！」

別に勝負事ではないし、負けたことが悔しいわけじゃないけど、勝ったらもっと気分がいいのも事実。わたしと真唯は自然と、ふたりで対戦ゲームができるようなところを回っていた。

わたしたちは、お互いロボットに乗って正面から殴り合った。プロ野球選手になって超満員のスタンドを舞台に投打を競った。空から襲ってくるインベーダーに光線銃を照射してスコアを競い合ったり、ときには力を合わせて幽霊屋敷を脱出した。剣を振り回してモンスターを倒す伝説の勇者になった真唯はノリノリで『さあ来い、魔物たち！　この村は私が守るぞ！』と演技していた。

次から次へと新しい刺激を求めて、わたしたちはゾーンを早足で練り歩いた。

「あ、ほら、あっちのほう空いてきた！　二時間制限だから、あと二十分でここ追い出されちゃうし、ほらほら急いで、真唯！」

「ふっ、言われるまでもないぞ。しかしなんだ、れな子もこんなに面白いことを黙ってたとは、意地が悪いな。なぜもっと早く私を誘ってくれなかったのだ」

「きょう誘ったじゃん！　だったら真唯だってもっと誘われやすそうな顔しててよ！」

そんなことを言い合いながらも、わたしたちはずっと笑顔だった。

「疲れた……」

「笑いすぎて、頬が痛いな……」

プラザのカフェに移動し、わたしたちはテーブルに突っ伏していた。いくら楽しかったとはいえ、はしゃぎすぎた。

途中からテンションのブレーキがバカになっていて、駅に突っ込む暴走電車みたいになっちゃってたよ……。

「ああ、甘酸っぱいグレープフルーツジュースがしみる……」

「正直なところ、なぜ遊ぶためにこんなお台場まで来なければならないんだ……と思っていたが、楽しかった」

「真唯もそういうこと思うんだ……」

体を起こして真唯をぼーっと見やると、彼女は伸びて戻らなくなったシャツの首元みたいに頬を緩めながら。

「しかし、我が家でＶＲ機器を購入したところで、きょうのような楽しさを体験することはできないだろうな。ある程度の不自由さと、決められた時間があって、そこに付き合ってくれる友達がいてこその楽しさか」

「そっ、そう！　それだよ！」

わたしは思わず真唯に指を突きつけた。

「大事なのは、そこなの。わかってくれたか、真唯！」

真唯は気にせず。

「でもそれなら、親友じゃなくて恋人でも構わないのでは？」

「真唯はわかってないなあ～！」

大げさに椅子にもたれかかると、真唯はわずかに眉をぴくりとさせた。

「恋人相手じゃ、気を遣っちゃうじゃん。よく見られたいって思ったり、嫌われたくない、もっと好きになってほしいとか、いろいろ思っちゃったりさ」

真唯は顎を撫でながら、感慨深そうに言う。

「なるほど。君は私とデートするたびに、そう思ってくれていたのか」

「違う！　あくまでもたとえの話だよ！」

「……恋人がいたこともないのに」

その言葉は聞こえないフリをした。

「だから親友の関係が一番。真唯だってきょうは、無理して楽しんでたわけじゃないでしょ？これって、恋人同士の関係だったら、こんな風には振る舞えなかったと思うし」

真唯はちゃんと真剣に受け止めて、うなずいてくれた。

「そうだな、それは確かにそうかもしれない」

よしよし、とわたしは手応えを感じていた。

真唯が楽しんでくれているのはわかったし、わたしだってすごく楽しかった。

すぐへたばるわたしの気力の残量メーターはまだまだ残っていて、なんだったら深夜までも遊べそうだ。

「ね、真唯。ちょっと休憩したら次は買い物いこーよ。わたし、見たい雑貨あるんだ」

「……ああ」

うなずく真唯の手を取って、わたしは立ち上がる。『ウザ！』と突っ込まれても止まらないような絡み方に真唯は、しかし、まだなにかを思い悩んでいるようだった。

「……なるほど、そうか。君にとっての友達というのは」

「え？」

「いや、なんでもない」

カフェを出たところで手を離し（いつまでも繋いでいるわけではない。だって友達だから！）、立ち止まる。

「なになに、どうかしたの？」

顔を覗き込むと、真唯は笑って肩をすくめた。

「いやね。確かに、すり合わせは必要だったかもしれない、と思っただけさ。同じ言葉でも、使う者によってはまるで違う意味になる場合もあるんだな、って」

どういう意味なのか、よくわからない。

「……またわたしのことからかってる？」

「まさか。君にとっての『友達』が計り知れない価値をもつのと同じように、私もまた、『恋人』の意味をちゃんと君に伝えるべきだと思ってね。これほど全力でプレゼンしてもらえたんだ。次は私もちゃんとお返ししてあげないとな」

その『まだまだ私は真の実力を隠しています』みたいな宣言に、顔をしかめる。

「全力はいいんだけど……。ネズミーランド貸し切って『君のために』とかはやめてよね、ほんと」

「ロマンチックだと思わないかい？」

「金銭感覚の不一致は、破局の原因のひとつなんだからな！」

　わたしたちはオダイバープラザで一日を過ごした。真唯がなにに引っかかっているかはわからなかったけれど、すっごく楽しい一日だった。

　しばらく歩き回ってお店を巡ったり、またカフェに寄って雑談したりしてたらあっという間に時間が経っちゃって。名残惜しさに後ろ髪を引かれながら、帰りの電車に乗ろうとプラザを出たところで——。

　——午後六時、めちゃくちゃすごい大雨に立ち往生を食らった。

　なんでさ！　きょう晴れたんじゃなかったの!?

「くっそうー！　天気はわたしに味方したはずだったのにー！」

　わーんとプラザのエントランスで泣き真似をするずぶ濡れのわたしに、真唯がせっせとハンカチを当ててくれている。

　プラザを出た途端だった。

　豪雨というかもはや放水レベルの雨に数秒打たれただけで、つま先までぐっしょり。着の身着のままプールに飛び込んだみたいになってる。

「なんであのタイミングで降るかなあ……」

周りでは、嵐のような夕立を浴びたわたしたちみたいな子が、寒い冷たいサイアクー、ときゃあきゃあ騒いでいる。

ぺたぺたと、額に張りついた前髪の水滴を拭ってくれている真唯は、まるでお母さんみたいだった。恥ずかしくなって、身を引く。

「わ、わたしは大丈夫だから。真唯、自分を拭きなよ」

「といっても、お互いのハンカチだけでは焼け石に水だ」

「そうだね……。このままじゃ電車にも乗れないし、どうしよっか。……プラザでタオルとか、着替え一式買うとか……？」

くしゅん、と真唯が小さくくしゃみをした。六月の雨はけっこう冷たい。控えめに真唯の二の腕に触ると、アイスバーみたいになっていた。焦る。

「ちょ、ちょっと真唯、やっぱり身体拭かないと……」

ハッと気づく。周囲の目を引いちゃってる！

「てか、見られる、見られるから！」

絶世の美女が頭からつま先までぐっしょりと濡れそぼっているのだ。下着まで透けちゃっているし、わたしですら生唾飲み込むレベルで色気が香っている。

親友を、どうにか守らないと。とりあえず壁になってガードはするけども！

真唯は氷に閉じ込められたような表情で口元に手を当てて、スマホを取り出した。

「少し冷えてきたようだ。すまないが、ちょっと電話をさせてもらってもいいか？」

「え？　あ、うん」

濡れたスマホの表面をハンカチで拭いて、真唯がどこかに電話をかける。もしかしたら、迎えを呼ぶのかな？　って思っていたら。

「──うん、私。ちょっと濡れちゃって、ママ」

真唯はお母さんのことをママと呼ぶタイプらしい。似合う。

しかし、迎えが来るにしても、それまで真唯を水浸しで放置するわけにはいかない。わたしは別に風邪ひいてもいいけど、親友まで道連れにするのは疫病神がすぎる。

ショッピングモールの案内図を見てどの店に行こうかと算段をつけて戻ると、真唯もちょうど電話が終わったようだった。

「ちょっと付き合ってもらえるか？　れな子」

目を離したのは少しだけなのに、濡れて髪から雫を垂らす真唯は、おとぎ話に出てくる人魚姫みたいに綺麗だった。

「え、な、なに？　いいけど、どこに？」

真唯はちょっと言いづらそうに口ごもる。自分だけ先に帰ることになっちゃったとかだろうか。まあ、真唯はお嬢様っぽいし、こんなことになっちゃったから仕方ないよ。

けど、違った。

案内図のホテルを指差し、それこそ雨に打たれた子犬みたいな目をして。

「ホテルに」

王塚真唯は、そう言ってきたのだ。


その瞬間は「え……？」と絶句してしまったものの。

よくよく話を聞いてみれば、仕方ないかなって思えるような事情だった。

真唯は来週、母親の仕事の手伝いで海外に行く予定があり、万が一にも体調を壊すわけにもいかないこと。そのため、帰る前に体を温めておきたかったこと。だから母親に相談した結果、ホテルを取ろうという結論に至ったこと。

シャワーと着替えのためにホテルの一室を借りるとか、お金の使い方が豪勢だ……。まあ、それは今さらか。

いや、でもさ。

「……なんでわたしまで一緒なの？」

「ここで『じゃあ私はホテルで休んでいくから』と言い残して、雨に濡れた親友を帰すほうがどうかしているとは思わないか？」

「そりゃそうかもだけど……」

真唯とふたり。わたしたちは、ちょうど空いていたホテルの一室にいた。

そりゃそうかもだけど、相手が真唯……。いやしかし、今の真唯は友達……。親友だから大丈夫、大丈夫なんだよな……？　わからなくなってきた。

大きなベッドが部屋の真ん中にでーんと置いてあるリゾートホテルだ。お風呂は大きくて、家族で入ることもできそうなぐらい。

真唯がお湯を溜めている間に、お母さんにはメッセージで『雨宿りして帰るから、ちょっと遅くなる』って送っておいた。

ウソではない。……雨宿りする場所がホテルの一室だとは言ってないだけで。

バスタオルを首にかけた真唯が戻ってきて「ほら、れな子も」と脱衣を促してくる。

彼女はもう下着姿だった。

あの王塚真唯の半裸である。ちょっと前に水着姿を見たばっかりなのに、高級そうな黒のブラとショーツだけの格好はまた違った風情がある……。

濡れた下着が、微妙に透けてるし……え、なんか、エロくない？

やば……。今は友達、友達……とお経のように唱える。

てか、こいつの前で脱ぐの、親友だからとか恋人だからとか以前に、女としてめちゃくちゃハードル高いな……。

「れな子、ほら、早くするんだ。ルームサービス呼んで乾燥機にかけてもらうから。ほら、君の顔もどんどん赤くなってしまっているぞ」

　赤面は違う要因だよ……。

「せかさないで……これでも勇気を出そうとがんばっているんだから……」

　意地を張る猶予もなく、わたしは観念した。これ以上引っ張ったら真唯に脱がされそうだ。そしたらいろいろとやばい。絵面とか。

　肌に張りついた服を脱ぎ去る。

　下着姿になっても、真唯は変わらず責めるような目つきでわたしを見つめていた。

「な、なに？　脱いだけど……？」

「いや、そのかわいいピンクの下着もだろう」

「はあ!?　バーゲンで合わせて二千円のやつですけど!?」

「誰も値段は聞いていない。さ、ほら、風邪をひくぞ」

　真唯はクラスで女王のように振る舞っているときの『私が正しいに決まってる』という目をしてた。

　根が陰キャのわたしは、その視線にめちゃくちゃ弱い。しかも正論だしな！

「くう……バスルームいってくる！」

　隣の部屋で下着を脱いでランドリー袋に突っ込む。バスローブを羽織ってから部屋に戻ると、彼女もすでにバスローブに着替えていた。

体のラインがもろに出ているし、その中身が全裸なんだと想像すると、頭から湯気が噴き出しそうになってくる。

おかしいな。きょうは親友モードなのに……いや、友達同士でもホテルにふたりバスローブ一丁とか普通に恥ずかしいわ！

チャラランーンとオシャレな音色のチャイムが響き、ルームサービスのお姉さんがお洋服を取りに来た。ドアを開けて、ランドリー袋を手渡す真唯。

わたしたちはこれで外に出る手段も失って、服が戻ってくるまでホテルの一室に閉じ込められたことになる。

一拍の静寂(せいじゃく)を挟んで、真唯がこんなところでもリーダーシップを発揮する。

「さあ、お湯も溜まったことだろう。風邪をひく前にお互い体を温めようか、れな子」

「あ、うん……。あの、じゃあ王塚さん……先に入ってくださいな」

「バカなことを言うな」

ひっ。またあの目だ！

「親友をひとり置いて、私だけが長湯できると思っているのか？　一緒に入るぞ」

「一緒に……真唯と、一緒に!?」

ぐい、と手首を掴(つか)まれて、わたしは思わず目を回して叫んだ。

「うわあああ待ってえええええええええ！」

結局、わたしたちは肌を密着させながら湯船に浸かることになった。ふたり分の体積にお湯が溢れてゆく。

恥ずかしくて隣を向けない。けど友達を意識するなんておかしいから、これはわたしの感情のバグだ。理論上はこうならないはずなのだから。

ふう、と真唯が熱い息をはく。

「タイミングが悪くてすまないな。確かに、こういうとき、恋人よりは友達のほうが気安く接してくれるのだろう。こんなことなら、君に私を意識させる手管は、もう少し後で披露したのだが」

ここでそれを謝るかおい。

あたしは手首につけた髪ゴムをいじいじと弄びながら、真唯の顔色を窺った。

さっきまで強引だったけれど、今は普通に元気がなさそうだ。こんな状況でハイテンションになられても困るけど……。

ああもう、友達同士、友達同士。呪文のように言い聞かせる。

こうなりゃヤケだ。無理矢理にでも明るい声をあげる。

「わーこんなところに入浴剤あるー！　さっすが豪華ホテルー！　いれよいれよー！」

「話題の変え方、ヘタなのか？」

「わー！　柚子のいい香りさいこうー！　今年のトレンドはこれで決まりー！」

真唯のツッコミも聞こえないフリをしてわざとらしくはしゃぐ。真唯と身を寄せ合ってお風呂に入る以上に恥ずかしいことなんてないし！

心を殺してひとり芝居を続けていると、我慢できなくなった真唯が「ふふっ」と微笑をこぼした。やった、わたしの勝ちだ。

「……まったく君は、……。しかし、すまないな。急にホテルに誘ったりして」

「だから言い方……。てか、真唯が強引なのはいつものことでしょ。今さら気にしないよ。むしろお金出してもらって、こっちこそありがとって感じ。友達だからできれば割り勘にしたいけど」

「いいんだ、今回は私の都合だから」

そばから聞こえてくる真唯の淑やかな声が、なんだかくすぐったい。

わたしは暗くならないように声のトーンに気をつけながら尋ねる。

「っていうかさ、なに、来週お母さんのお仕事の手伝いで、海外に行くの？」

聞いた途端だ。

ずっしりとした重い沈黙が隣から伝わってきた。

しまった。どうやらわたしは、また話題のチェンジに失敗したらしい。

真唯は感情のあまりこもっていない声をお風呂場に響かせた。

「ママには贅沢をさせてもらっているからな。なるべく、心配をかけたくなくて」

真唯の横顔を窺う。めっちゃ近い。

思わず前に向き直る。やば、ドキッとした。

「ま、真唯もそういうこと、思うんだ。お母さんって、ファッションデザイナーだっけ」

「ああ、精力的に海外を飛び回っている。世界中には美しいモデルが山ほどいるというのに、ときおり私を呼びつけるんだ。娘には他の者にはできない役割があるようでな。学校を休んでフランスに行ってくる」

「へー……」

「私は環境に恵まれているからな。その礼はしなければならない。ママがなにかを要求したとして、断る理由も権利もないさ」

真唯が長い脚を抱え、膝に頬を乗せる姿は、まるで幼児みたいだった。

ふつうの人が聞いたら『華々しい話だなあ』と思うだろう。

母親が有名で、大金持ちで、真唯自身もモデルとして引っ張り回されるのだ。若さも美貌もそれにふさわしい才能ももっている彼女と、どうしてわたしが友達なんかできているんだろう、って思う瞬間もあるけど。

でも。

「真唯もたいへんだね」

わたしの口からこぼれ落ちたのは、そんな言葉だった。

「……え？」

「あ、いや」

三回連続で間違えたか！　と、わたしが思わず胸に手を当てて己を省みると、真唯はこちらを見つめながら、透明感のある無防備な表情をさらけ出していた。

……間違えた、のか？　よくわからないけれど。

「なぜそう思ったんだ？」

「いや、だって……」

目を覗き込まれて、めちゃくちゃ恥ずかしいんだけどそう言える雰囲気でもないので、口ごもりつつ。

「前にも、本当の自分を見てほしい、みたいなこと言ってたじゃん。人の期待に応え続けるのって、しんどいんだろうなーって思って。そりゃプレッシャーで肩こりもするよ」

まあ、わたしはわたしの期待にも応えられていないんですけどね！　って笑って軽いオチをつけようとしたところで、真唯が身を寄せてきた。

うえ!?　肩がぴたりとつく。

「そうか、思い出したよ。私は君のそういうところを知って、好きになったんだ」

「そ、そうでしたか。でもこれぐらい、他の誰でも」

さらに顔が近い。息がかかりそうな距離。

ひえっ！　はだか、はだかですよお互い！

「いなかった」

「えっ……？」

「私には他に、そういった相手はいなかった。誰からも羨まれ、かしずかれた。生まれたときからだ。女王として振る舞うのが誰にとっても最良であったし、私もまたそうあるべきだと己を律してきた」

「そ、それは、すごいですね」

おだてるつもりじゃなくて、本気でそう思う。

まったく想像もできない世界だけど、想像してみた。

紗月さんにライバル視されて、香穂ちゃんに推されて……だめだ。五分で『違うんです！わたしそんなにできた人間じゃないんです！』って音を上げる。がんばれない。

「わ、わかった、安心して真唯。他の誰が幻想を抱いていても、わたしが真唯のことをちゃんと意地悪で肉欲まみれのおかしなやつだって、わかっていてあげるから」

真唯を押し戻しつつ言うと、今度こそ彼女はおかしそうに笑い声をあげた。

「ああ、そうだな。私をそんな風に言うのは、君ぐらいなものだ」

「ま、親友だからね」

わたしは髪ゴムを手首につけた指を一本立てて、偉そうに語る。裸のまま、裸の真唯に向かって。

「この人だけは自分のことをわかってくれる。自分のことを理解してくれる。一緒にバカやったり、楽しいときには盛り上がって、つらいときに黙ってそばにいてくれるような……それが、わたしの理想の友達、ってやつだから」

「……それが、友達?」

初めて魔法を見たような顔でつぶやかれても。自信なくなりそう!

「そ、そうだよ。わたしも今までいなかった。だけど、真唯とはそういう友達になりたいって思ってるの」

「なるほど、そうか。そういう関係は確かに、すばらしいものだな」

真唯からの同意を得られて、わたしの調子が増すこと増すこと。

「でしょー? だから、やっぱりそういうことなんだって。友達が一番!」

そう言った直後だった。真唯がわたしの耳を撫でてきた。

「……ふえあ!?」

腰の辺りがダイレクトに反応して、びくんと跳ね上がる。不意打ちだ!

「確かに私は君とそういう関係になりたい。けれど、私に言わせてもらえば、その関係は私の中では『恋人』と呼ぶのだ」

「は……はあ!?」

「私は君のことをしっかりと理解しよう。一緒にバカな話で盛り上がったり、楽しんだり……もちろん、つらいときにはずっと近くにいる。君の手を握って、その肩を抱いていよう。なにか、違いがあるか？」

見下ろしてくる真唯の瞳はあまりにも真剣で、わたしは息を呑む。

「そ、そんなの大アリじゃん！　だ、だって、だって……親友と、恋人は……」

反論しようと思ったのに、言葉が出てこない。

今までずっと、真唯とすれ違っている気がしていた。その理由がやっとわかった。

わたしたちは最初から、同じものを見つめていたんだ。

なんだ、なんだこの感情……え、わたしは今、嬉しいのか？　真唯もわたしと同じように考えていてくれて、それってわたしにとっての理想なんだけど、それを真唯は『恋人』って呼んでて……むしろ、致命的なまでに隔たりがある気もする！

パニくっている間に、真唯はわたしの手に手を重ねてきたりして。

「もちろん、親友と恋人で大きく違うものもあるけれど」

「な、なにそれ？　あっ、ヤだ、聞きたくないな！　うーん、そろそろのぼせてきたー！　髪洗って出よっかなー！」

「そうだな、私も髪を洗うとしよう。濡れたままだったからな」

　わたしの前、真唯はパチンと音を立てて、バレッタでまとめていた髪をほどいた。さらりと流れた金髪がわたしの頬を撫でる。

　これは、まさか。

「当然、髪を洗うのだから、こうしなければならないよな?」

　声に色香がにじむ。恋人化だ！

「えっ、ちょっ、なにいきなりサカってるの!?　てか、それはずるくない!?」

「なんのことかわからない。私はただ髪を洗おうとしただけだよ」

「じゃあこの手はなんだ！　なんでわたしを浴槽に押しつけてきている!?　あっ、ちょっと、さわ、触るのはムリでしょ!?」

　真唯が高身長から繰り出すパワーで、わたしのみぞおちをがっしりと押さえつけてくる。人体急所！

「そりゃあ、せっかくかわいい恋人と一緒にお風呂に入っているんだ。髪でも洗ってあげたいと思うのは、健気な乙女心だろう?」

「やっぱり恋人じゃん！　なんなの!?　きょう一日は友達って話じゃなかった!?　髪に人格をコントロールされてるのか!?」

「ははっ、れな子はかわいらしく吠える仔犬だなあ」

　顎をくいっと持ち上げられる。その仕草がさまになりすぎる。

なにが真唯の心に火をつけたのか知らないけど、こいつ、本気だ。

「ま、真唯」

高圧的な目で正面から見つめられると、反射的に魂が屈服しそうになる！

「よし、わかった、真唯。話し合おう、話し合いましょう、話し……」

繰り返し言い聞かせながら、両手で真唯を押し返そうとするけど、体が動かない。

真唯の唇が小さく開き、その奥のピンク色の舌が見え隠れした。

「……れな子には言葉で伝えても、信じてくれないんだろう？」

「し、信じる！　今回はちゃんと信じますので――」

最後まで言い切ることはできなかった。

距離を詰めてきた真唯の唇が、わたしの唇に押しつけられた。

そよ風のように一瞬の感触。

目を見開く。

真唯の顔が視界いっぱいに広がり、そしてまた離れていった。

「ちょ、ちょ、ちょ…………」

唇から伝播した痺れが全身をぶるぶると震わせて、あたしはたぶん顔を真っ赤にしながら口をぱくぱくする。

「は、初めてのキス！」

真唯は感無量という顔で口元を撫でながら。

「私もだ。運命の相手と唇を重ねるというのは、とても、いいものだな」

「唇どころじゃなくていろんなものが重なってるけど！」

バスタブと真唯に挟まれているので、ふたりの間で胸が押し潰されていたりする。いや、そういう問題じゃなくて！

「ふぁ、ファーストキスが女の子とか……いよいよアブノーマルな……」

「気にすることはない。もう令和だ。女性同士の恋愛も、スタンダードな時代になった」

「ほんとに!?　あんた自分が世界の中心だからって思っているからじゃないの!?」

画用紙に黒いインクを一滴垂らした結果、それがもう真っ白な紙とは言えなくなってしまった、みたいな気分を味わいながら、真唯を押し返す。

「ううう、満足したなら、もういいでしょ……」

真唯の瞳にはまだ色欲の欠片が揺れている。

「満足してない!?」

「私は自分がもう少し、理性的な人間であると思っていたんだけれど……君の唇はまるで、禁断の果実のようだ」

「え、えええい、調子にぃ！」

わたしはもういい加減、発情した真唯を蹴り上げて正気に戻そうとするけれど、その隙に彼女は股の間に足をねじ込んできた。

この体勢は、だ、だめでしょ!?

真唯の足が当たる！　いろんなところに！　だめなところに！

気を取られている間に、またしても唇を奪われた。

二度目だからか、マシュマロみたいな真唯の唇の、しっとりとした柔らかさがダイレクトに伝わってくる。

「ん、んんっ、んんんん！」

どんどんと、体から力が抜けてゆく。唇から、わたしのぜんぶが真唯色に染め上げられていくかのようだ。

このままじゃ、なし崩し的に恋人リストを上から順番に達成していくことになる！

だめだ！　これはもう……。

――あれをするしかない！

腕を真唯の背に回す。まるで抱きしめて、真唯を心も体も受け入れてしまうような体勢だけど……違う。

しばらく唇を重ねた後、真唯は訝しげに顔を上げた。

「……れな子？」

すっかり内側をとろかされてしまったわたしは、涙目で、蚊の鳴くような声をあげた。

「の、ノーカンだし」

　真唯は目をぱちくりとして。

「なんだって？」

　お風呂場に立ち込めた湯気と、真唯の香り。彼女の雪のように白い肌に抱きしめられながら、もう二度と忘れられないであろう唇の感触を刻みつけられたわたしは、へへへ、と引きつった笑みを浮かべた。

　それは決して、強情でも、負け惜しみでもない。

「だって、『親友』だし……」

「君はこの期に及んでまだ、そんなことを言って」

　そこで真唯も気づいた。

　わたしが自分の髪ゴムで、真唯の横髪をサイドテールにしていたことに。

　これで、彼女は髪を結んでいる状態。つまり、友達だから――。

「友達同士のキスとか、遊びでする話とか、たまに聞くし……これで、ノーカン、ノーカンだよねえ？」

「なるほど」

　じっと真唯の瞳がわたしを見つめていた。

「うん、だから、そういうことで――」

うまく切り抜けられた！　わたしやるじゃん！

と、この場の機転に満足してコクコクとうなずいていると、気づく。

真唯の目には、男子がわたしたちのグループへと向けてくるような情欲が滲んでいて。

――あ、やばかも。

なんとなく屋上から落下したときのことを思い出す。

これ、死んだな？　的な。

直後、真唯は三度目の口づけをしてきた。

それは今までのものと違っていて、熱いぬるぬるとしたものが、こちらの唇に割り入ってきたりして――。

「ん、んん!?」

な、なにこれ!?　舌!?

うそ、うそうそ。真唯の舌がわたしの口内で暴れ回っているんですけど！

「んんんんんんん!?」

噂には聞いていた。こういうタイプのキスもあるのだと。

真唯の舌はわたしの舌をねぶねぶと包み込んだり、内側の粘膜をくまなく舐め上げてきたりする！　うわあああああ！

絶対に冗談になんてしてやるか、という執念すら感じるような真唯のキス！

強くて、鋭くて、火傷しそうなほどに情熱的で、わたしの中身をめちゃくちゃにしようと荒れ狂う嵐だ。

やばい。死ぬ。

真唯にしがみついて必死に耐え続ける。終わる頃にはわたしの頬はわけもわからず涙に濡れていた。

「はぁ、はぁ……」

ゆっくりと真唯が離れてゆく。ふたりの唇の間を、粘性の唾液の橋が伝った。えろい。

水揚げされた魚みたいに、わたしは身動きを取れずにいた。ぺたりと背中をバスタブにくっつけたまま、あうー……と意味のないうめき声をあげる。

オトナのキス、衝撃的すぎた……。

バスタブにぐったり沈み込むわたしに対し、真唯は自分の口元を舐めて、目を細めたまま、温かなシャワーみたいな声を浴びせてきた。

「友達のキスだから、ノーカンだな」

笑い声も出なかった。

「の、ノーカン、ですね……」

目と目が合う。わたしのファーストキスを味わった裸の女は、今度はこっちの頬に優しく手を添えてきて。

まるで雛に餌を運ぶように、優しいキスをしてきた。

「愛している、れな子」

さっきの身勝手なキスよりもよっぽど、その言葉が効いた。

「友達相手に、なに、言ってんの……………」

強引なキスを批難することも、もちろんお礼を言うことだってできず、かすれた声でそう言い返すのが、やっとだった。

ああもう、完全に越えちゃいけないライン越えられちゃったよね、これさ……。

その後、乾かしてもらった服を着直したわたしたちは、ホテルを出た。空はウソみたいに晴れ渡っていて、わたしは真唯の言った『晴れてほしいときは晴れて、雨がいいときは雨が降る』という言葉を思い出していた。

帰路の間、普段通りの真唯と、ずっと胸が苦しくて言葉に詰まるわたしは対照的で。

わたしはもっとゲームの感想とか言い合ったり、くだらないおしゃべりみたいなことがしたかったのに。

「てか、無理矢理はしないってさんざん言ってたくせにさ」

「一週間前にしていたら、確かに無理矢理になってしまっていたかもしれないな。だが今回は、そうではなかっただろう？」

「……そんなこと、ないですし……！」

別れ際、やっと言葉に出せたのは、その程度。

……やっぱり嫌だ。

友達同士、とっても楽しかったＶＲの遊びだって、なにもかも塗り替えられちゃってさ。結局、ぜんぶキスのおまけみたい。

あたしは楽しい時間がずっとずっと続けばいいって思っていたのに。

さらに悔しいのは、ほんと悔しいのは……終わった後、あたしもなんだかトクベツな一日を過ごした気分になっちゃったことだ。

これじゃあぜんぶ、真唯の手のひらの上。

ああもう。

言語化できない胸のもやもやをどうすればいいのか。こんな気分を味わうぐらいなら、ぜったいに恋人より親友のほうがいい！

このふたつは同じなんかじゃ、ぜったいにない！

わたしはその確信を強めて……。

この日、ドキドキしたまま眠れない夜を過ごしたのであった。

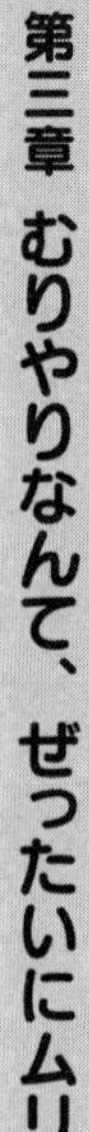

六月も残り二週間となり、わたしは思う。

ファーストキスが人間に与える衝撃というものは、千差万別だ。

たとえばキスしたからといってそんなものは皮膚と皮膚の接触だ、ぐらいにしか思っていない人がいたり（もちろんわたしもこのタイプです！）。

そのキスひとつで人生が変わってしまうようなことだってあり得るだろう。

けど、この現代日本ではたかがキス。そんなものにいつまでも取り憑かれているようじゃ、流れてゆく日々のスピードに取り残されてしまう、ということで。

そうそうに忘れることにした。だって、友達同士のキスなんてノーカンだ、と言い張ったのはわたしなんだから。

わたしが真唯の顔を見るたびにドキッとしてしまったり、あのときの唇に触れた粘膜の熱さを思い出して胸がうずくのだって、なにかの気のせいのはず、なのだ。

だから。

休み時間、通りがかった紗月さんがぽつりとつぶやいたとき、わたしは驚いた。今の、わたしに言った？

「あなた、あの女になんかされたの？　魂でも抜かれたような目をしてるけれど」

「その」

紗月さんの視線の先には、完璧超人の真唯の姿があった。

「り、理由とかはとくに。きょうも華やかだなー、ぐらいしか」

きょうの午後から、真唯は一週間ほどフランスに向かう。クラスはその話題でもちきりだ。みんながみんな、真唯を囲んで楽しそうにしている。

輪の中心にいる真唯もまた、身振り手振りを交えて、きょうも百万ドルの笑顔を無料で配布していた。

息をしているだけで様になる女。それがあの王塚真唯。容姿が異様に整っているとか、所作が美しいとか、そういうレベルの問題じゃない。人の目を惹きつけるその因子の正体は、ときとして『もってるやつ』とか呼ばれたりするんだろうな。

うっ……また唇を見てしまった。なんて風に反省していると、突然、紗月さんが。

「甘織。人類すべてが王塚真唯になればいいのにって、思ったことある？」

「え？」

「さすがに見すぎ」

「ないけど!?」

急にすごいこと言われたから、つい大きな声が出た。なんつー話題の振り方だ。紗月さんは騒がしいのがあんまり好きじゃないから、案の定、顔をしかめられる。

「あっ、ごめん……」

「いや、いいけど。って……落ち込みすぎだから」

失点にうなだれていると、そこも突っ込まれてしまった。紗月さんは自分にも人にも厳しいので、ふたりきりで話すときはけっこう緊張する。

「紗月さんはあるの？　人類がみんな王塚さんみたいになればいいなって思ったこと」

「あるっていうか、主にそう考えているわね」

そんなことあるんだ……。ビビる。

「紗月さんってさ、王塚さんと前から友達なんだよね」

「まあ、そうね。あのスパダリともう少し遅れて知り合えていたら、もうちょっと明るい性格になっていたと思うんだけど」

なんて返していいかわからずにいると、紗月さんはそのまま話を継いだ。

「友達っていうより……腐れ縁？　一番そばにいたほうが、あいつの悔しがる顔が見れるから、それで付き合っているっていうのはあるわね」

「えっ、ほんとにそんな理由？」

紗月さん相手にまごまごしていると、真唯がクラスメイトに見送られながら学校を立つところだった。鞄を手にした彼女は、出張に出かけるエリートサラリーマンみたいに横を通り過ぎていく。

「じゃあ、行ってくるよ」

「あ、いってらっしゃい」「はいはい」

わたしたちも手を振って見送る。特に目配せとかもなかったことにがっかりするな、れな子。お前は特別でもなんでもない、ただのトモダチなんだ。がっかりしてない！

そこでふと気づいた。

「ひょっとして紗月さん、人類がみんな王塚さんみたいになればいいって思っているの、そうしたら王塚さんが平均値になって、悔しがる顔が見れるからってこと？」

「……え？」

紗月さんはちょっと驚いた顔をしていた。

「いや、わたしも前にそんなことを考えたことがあるっていうだけで……」

「甘織、あなた」

「う、うん？」

名前を呼ばれるとドキッとする。真唯が別格なのであって、紗月さんだって学年を代表するほどの美人なのだ。そんな彼女は切れ長の瞳をすっと細めた。

「なんか最近、変わったわよね。王塚真唯となにかあった？」

「それ、こないだ香穂ちゃんにも言われたけど……えっと……」

うん、キスした！

……と言えるはずもない（当たり前だ）。

「う、うん、まあ、ちょっと……」

髪をいじって目を逸らすも、紗月さんは逃してくれず。

「……惚れたか？　あの女に。私は、止めたほうがいいとだけ言っておくわ」

「ない！　ないない！　ない！　ムリ！」

わたしが惚れたんじゃない。あいつがわたしに惚れてきたから困っているんですよ！

「香穂、あいつにコクったことあるらしいわよ。入学すぐ」

「ソマ!?」

衝撃の事実に目を剝いていると、スマホにメッセージが届く。

げ、真唯からだ。

『しばらく会えなくて寂しい。少しだけ屋上でふたりきりになれないか？』

う。

手のひら大の画面をまじまじと見つめていると。

「王塚真唯？」

この人、他人の視界を覗けるの？

「えっ!?　いや、どうかな、よくわかんないです！　神かも！」

「……あなたそんなに面白い感じだったかしら」

「あっ、お話の途中ですがちょっとお手洗いに行ってくるね！」

「あらそう。そうね、じゃあ私も」

「なんで!?」

「トイレ行きたいからだけど……」

困ったような顔で眉根を寄せるのがあまりにも似合う紗月さんだけど、もしかしたらその表情も演技で、わたしと真唯の関係に気づいているのでは……？

「あ、なんか大丈夫！　トイレ行きたくなくなってきた！　ここで待っているね！」

「そう……？　私は行きたいから行くけど……」

めちゃくちゃ不審げな目で見られつつも、わたしは機転を利かせて紗月さんの追及をかわすことができた。ふう、やり遂げた。あれ、でもこれもしかして紗月さんほんとにトイレに行きたかっただけじゃ……。

ていうか、なんで真唯に会うためにこんなに必死なのかわからないけど……とりあえず、屋上へと急いだ。

きょうの真唯はどっちかな……髪、結んでいるといいな……。

屋上のドアを開く。風が一気に流れ込んできて、思わず顔を押さえた。

逆光の中、人影が立っている。彼女は金色の髪をなびかせて、優雅にフェンスに寄りかかっていた。

初めて出会ったときと真逆のシチュエーションだけど、王塚真唯ならここまで絵になるものかと思う。

「やあ、来てくれたんだね、れな子」

振り返る彼女の陽光に照らされた美しさに見惚れちゃってから、ハッと気づく。

「髪、ほどいてる！」

「ああ、なんだか風が気持ちよくってさ」

「あれこれ理由つけてからに！」

わたしは後ろ手にドアを閉め、背をドアに張りつかせる。

「は、話すだけだからね！　ふたりきりだからって、勘違いしないでくださいね！」

「そんなに怯えられると、そそるなあ」

「ヒイッ」

「冗談だよ、冗談」

にこりと笑う真唯に、わたしはミリも笑えない。

真唯は近づいてくる。わたしは両手を突き出した。

「ま、待って！　ここ学校だからね!?　卑猥なことしたら、神聖な学び舎を汚すことになっちゃうから、そういうのぜったいにだめだからね！」

「つまり、神聖な行為ならいいと？」

「『行為』がだめ！」

だが、あっという間に距離を詰められ、わたしは手首を掴まれた。

目の前で、真唯が青空よりもキラキラと微笑んでいる。

「だ、だめだってば……」

「なぜだ？」

その瞳に見つめられると、ウソをつけない。

「だって……。あんたのことばっかり、思い出しちゃうし」

六月の日差しなんかより、真唯の視線のほうがよっぽど熱い。

「私は、君のことが好きだよ」

「わ、わたしも好きですよ……友達として……」

壁ドンされた。ひい。

目が見れない。

「真唯……飛行機の時間、来ちゃうでしょ……」

「うちの運転手は優秀なんだ。心配いらないよ。それよりも、今は君との時間を味わっていたい」

「ううう……」

真唯が顔を近づけてくる。斜め下から、まるでじゃれつく犬みたいだ。

くすぐったいんだけど……それだけじゃないのは、きっとわたしが真唯からなにかトクベツな感情を受け取ってしまっているからだろう。

「た、たかだか一週間でしょ……」

「今まではならそう思っていただろう。けれど今は、放課後ですら君に会えない時間が、途方もなく長いと感じているんだ。なにより、勝負の最中でもあるしね」

「わ、わたしだって仲のいい友達と会えないの、寂しいんだから！　ね、だからちょっと離れて、どいて、あっちいってほら！　ハウス、ハウス！」

言いつけるけど、この駄犬はまるで聞いてくれない。

「そうか、同じ気持ちでいてくれるのか。ふふ、れな子の匂いがする」

「もうばかぁ！」

ぐいぐいと頭を押し返す。全力でやっているのに、真唯がびくともしない！

「あんた、フィジカル強すぎる……」

「愛の力かな」

「筋肉だろ！」

　耳を嚙まれた。ひっ。全身から力が抜ける。

「は、反則ぅ……！」

「かわいいよ、れな子。ああ、どうしてこんなに愛おしいのか。なあ、学校を卒業したら、結婚しないか？　一緒に暮らそう。お金は私が稼ぐよ」

「プロポーズ!?　今このタイミングで!?」

　思わず顔を向けてしまったところで、唇を奪われた。

　うぐ。口から流れ込んできた真唯の想いと体温に、もうなにもかもどうでもよくなっちゃいそうになるんだけど……。

　どんっと真唯を突き飛ばす。口元を拭う。

「だ、だから、学校ではしないって言ったじゃん！」

「うむ、そうだな……。きょうばかりは、スマートに去ろうと思っていたんだがな」

　真唯も意外そうに口元に手を当てていた。

「こないだ、君と初めて口づけを交わしてから、どこか様子がおかしいんだ」

　真唯の顔は、真っ赤だった。

　あのスパダリがどうしようもなく照れているなんて、わたしまで恥ずかしくなる。

「四六時中、ずっと君を感じていたくなるんだよ」

胸に手を当ててうつむく真唯。その伏せたまぶたが風に揺れて、きらめいている。

……キスを境に、相手を強く意識するようになっちゃったのは、わたしだけじゃないみたいだ。

ていうかむしろ、真唯のほうがダイレクトに感情を味わっているようにすら思う。

これじゃあ真唯、どんどんわたしのことを好きになっていっちゃうじゃん！

「わ、わたしは負けないからね！　あんたなんかに！」

真唯にぎゅっと抱きしめられながらも、がんばって告げる。

「ぜったい、友達のほうがいいから！」

頭を優しく撫でられた。

「それでは、いってくるよ。寂しいけれど、我慢する」

「ああもういけっ、さっさといけってばっ」

最後にもう一度強く抱きしめてくると、真唯はニコリと笑って去っていった。

授業のチャイムが鳴る。このままじゃ遅刻だってのに。

わたしはその場で壁に寄りかかりながら、自分の体を抱きしめた。

「う……真唯の匂い、する……」

うなって、両手で顔を押さえる。

ああもう、残り香を感じ取るとか、完全に恋する乙女みたいだし！

「真唯のことは忘れよ！　わたしはわたしの学園生活を楽しむぞ！　あんな、あんなに強引で身勝手なやつなんて、知らないんだから！」

ひとり屋上で叫んではみるけれど、それすらもまるで恋人に拗ねた発言みたいに聞こえてしまうのが、ほんと癪だった。

その日の夜。お父さんお母さん、それに妹と晩ごはんの最中のことだった。

テレビに王塚真唯が出ていたのだ。

小さなニュースのコーナーだったけど、日本人でパリのファッションショーに出るモデル特集みたいなので、ランウェイを歩く真唯の姿が堂々と映し出されている。

わたしとお母さんは声を合わせて『おー……』と感嘆のため息をついてしまった。

「ね、見て見て、お父さん。この子がね、前にうちに遊びに来たんだよー」

「えっ……？　ほんとに？」

「うん。わたしの友達なんだー」

自慢げに言い放つと、隣に座っていた陽キャの妹が冷たい半眼を向けてきた。

「お姉ちゃん……。盛るのはまだしも完全なウソをつかれると、さすがに……もうお姉ちゃんじゃなくて『おい』とか『お前』って呼ぶことになっちゃうよ」

「いや、ほんとだから！」

テーブルに山盛りになってる唐揚げを皿に運びながら静かに首を振る妹に、訴える。

「わたし、学校ではいっつも真唯と一緒にいるんだから！」

「ねえお前、そこのマヨネーズ取って」

「早くも呼び名が!?　ちょっとお母さぁん！」

お母さんは頬に手を当てながら、テレビを凝視してる。

「……うーん、やっぱりどう考えてもうちに遊びに来たとか、おかしいわよねえ」

「お母さん!?　確かにその通りだけど、起きた事実まで捻じ曲げないで!?」

わたしがどんなにわめいても、三人は何事もなかったかのようにきょうの晩ごはんの出来のよさを褒め称えていた。納得いかない……。

……いや、そんなこともないか？

ぼんやりとテレビを眺める。そこに映る真唯はそれこそ、絶対に接点なんてないようなキレイなモデルさんにしか見えない。

中学までのわたしだったら、同じクラスだって声をかけることすらできなかっただろう。高校デビュー目的とはいえ、ほんとよく勇気出したよなあ……。

屋上から飛び降りたり、ホテルのプールに行ったり、ふたりでお風呂入ったり。まるで夢だったんじゃないかって思う。それほどに、画面の真唯は遠い高貴な存在だった。

てか、家に来たどころか、わたし、この子に唇を奪われたんだよなあ……。

心の中でつぶやいてみるけど、これやっぱわたしの妄想だったらどうしよう。

「どうした？　お前。食欲ないのか？」

「あら、お前、きょうの唐揚げはうまく揚げられたと思ったのにねえ」

「お父さんとお母さんまで!?　いやお母さんは会ったでしょぉ！」

＊＊＊

真唯がいなくなった学校は、平々凡々としたごく一般的な公立高校に戻った感じがした。いや、ふだんからそこそこ偏差値がいいだけのふつうの学校なんだけどさ。

なにが変わったってわけじゃないけど、蛍光灯の明かりが一段階落ちたような印象だ。

休み時間。窓際の席に座り、ぼけーっと雨空を見上げる。

前の席で同じように頬杖をついている美少女の紫陽花さんも、どこか覇気がない。

「眠くなってきちゃうねえ。真唯ちゃんがいないからかなあ」

「そうだねー。梅雨だしねー」

雨模様を眺めても、お台場デートの後にキスした流れを思い出しちゃうので、わたしは大きくため息をついた。視線の逃げ場がない。

「きょうはどうするのかなあ、真唯ちゃんいないから香穂ちゃん元気なさそうだし」

「あー、そうだねー……」

「紗月ちゃんなんかは、今のうちに勉強して差をつけてやるんだって息巻いてたし」

「はは……それっぽい」

だったらきっと紫陽花さんも別グループに来賓（らいひん）としてご招待されるのだろう。

真唯が出張中の間はしばらく、久々にぼっち気分を味わうことになっちゃいそうだ……。胃が痛くなってきた。

みんなといると疲れるくせにハブにされるのは嫌だっていう心の弱さ！　そのくせ、自分から人を誘うことができない臆病さ！

そうだ、わたしは真唯がいなくたってやれるんだぞってところを、見せてやらないと……。このまま一生、あの女の手管（てくだ）に搦（から）め捕（と）られちゃうぞ。

「あ、あのさ、紫陽花さん」

「なあに？」

「きょう暇（ひま）なら、もしよかったら、い、一緒にどっか寄ったりしない？」

ニコォ、という固い笑顔を作る。

きっと忙しいからって断られるだろうけど、でも、行動したという事実が今のわたしには必要なんだ！　真唯の呪縛から逃れるために！

「うん、いいよー」

「え!?」

目を剝く。そんなばかな、あっさりと……。

えっ、罠？　これ罠だったりする？

コミュ障にはわからない引っかけ問題がある？

でも、紫陽花さんは素人目にはかわいらしくはにかんで、楽しそうにしていた。

「れなちゃんとふたりでどこかに行くのって初めてだよね。珍しいな、れなちゃんから誘ってくれるの」

「いや、あの、えと……。紫陽花さんは、わたしには恐れ多くて声がかけられないっていうか、天上人なので……」

「あはは、なにそれ。ふつうに喋ってるでしょー」

紫陽花さんは基本受動的な誘われ待ちスタイル。ていうか待ちの列が長蛇すぎて、順番が回ってくることなんてめったにないわけで、急遽その列を無視して手を引っ張られるなんて、バックステージパスいつもらった？

「なにこの超ＶＩＰ待遇！」

「ＶＩＰ?」

「いやほら、紫陽花さんいろんな人に遊びに誘われてて、毎日忙しそうだから」

「ええ？　なにそれ、そんなことないよー。みんな優しくて誘ってくれるから、遊びに連れてってもらっているだけだよ。だからきょうは、お誘いありがとうございます」

髪を耳にかけながら丁寧（ていねい）に頭を下げてくる紫陽花さんの笑顔に、浄化されそうだ。

「こちらこそ！　ぜひ、ご同行させていただきます！」

こうして放課後は紫陽花さんと遊びに行くことになった。

もちろんこれは浮気とかではない。

そもそも友達相手に浮気ってなに!?　意味わかんないな！

放課後。紫陽花さんと一緒に遊びに行くんだーってウキウキしてたら、帰りのホームルームが終わってすぐ、クラスの女子に声をかけられた。

「あ、あの〜。甘織さん、きょう一緒に帰りませんか？」

「えっ？」

びっくりしていると、さらにもうひとり。

「ほら、たまには私たちと、とか！　地味女子グループの我々ですが、どうですか！　我々もカワイイ女子と触れ合いたい日があるので！」

「ええっ!?　か、かわいいって」

大人しい長谷川（はせがわ）さんと、活発な平野（ひらの）さんだ。確か美術部と文芸部だったかな。

近くの席だから、ときどき言葉を交わすことはあったんだけど、え、えええ？

「い、今かわいいって言った？　それわたし、わたしのこと？」

「え、当たり前じゃないですか！　甘織さん、すっごいかわいいですよね！　肌きれいで、キメ細かくて、笑顔もキラキラしていて！　世界一かわいいのでは!?」

「しかも甘織さん、なんだか話しやすいんですよね～。上位カーストっぽい敷居の高さ、みたいなのがなくて」

「そ、そお？」

長谷川さんと平野さんに褒められて、チヤホヤされて、舞い上がってしまいそうになる。

中身はめちゃくちゃ陰キャなんですけどね!?

う……だけど、きょうのわたしは紫陽花さんと用事があるんだ。

顔は笑顔を作りつつも、人の誘いを断らなきゃいけないことに対して、タピオカを二杯飲んだ後みたいにずっしりとした気分を味わいつつ……。

わたしは「あの～」と口を開く。

そこに。

「れーなちゃん、かーえろ」

笑顔の紫陽花さんがやってきた。

「あ、うん、紫陽花さん。今ちょっと……」

直後だ。わたしの隣に並んだ紫陽花さんを見て、長谷川さんと平野さんがぽかんと口を開いたまま、頬を赤くしていた。

「うわ、すご……目おっき……顔ちっちゃ……」

「ひええ……美少女……。近くで見ると、ヤバぁ……」

えっ!?

ふたりはぽうっと紫陽花さんに見惚れている。

「？」

あれ!?　さっきわたしのこと、世界一かわいいって言ってくれてなかった!?

「王塚さんがいない今がチャンスって思いましたけど……どう考えても無謀ですね……」

「完全に我々と住む世界が違う……。ごめん、甘織さん！　二度と声をかけないから！　安心して！　じゃあね、またね！」

「あぁっ」

手を伸ばすけれど、彼女たちはそそくさと立ち去っていってしまった。明らかに『上位層に声をかけてしまった！』みたいな態度を隠そうともせず！

紫陽花さんは「んん～？」と首を傾げて。

「どうしたんだろ？　ふたりともなにか用があったんじゃないかなあ？」

「うん、大丈夫……いこ、紫陽花さん」

わたしは改めて紫陽花さんを見やる。

きょとんとした彼女は一粒何百円もする高級マカロンみたいにふわふわしていて、それこそ、わたしなんかが声をかけてはいけない相手なんじゃないだろうか……と思ってしまう。

「紫陽花さんって、ぜったいに嚙んだら甘いよね……」

「えっなに、こわい話!?」

そのびっくりした顔も、めちゃめちゃかわいかった。

新作のデパコスを見たいということで、わたしたちは新宿の百貨店に遊びに来ていた。

紫陽花さんに手を引かれ、コスメフロアを横断する。周りにはかっこいいお姉さんばっかりで、わたしの場違い感ハンパない。

ま、まあ、こっちには天使がついているからね！　愚かな人間を導いてください。

お目当ての売り場に到着するやいなや、学食のごはんをうどんにするかそばにするか悩むわたしみたいな真剣さで、紫陽花さんは新作のリップを見比べていた。

夏色リップをビームサーベルのように二本構えた紫陽花さんが、振り返ってきて。

「こっちとこっちのリップ、れなちゃんはどっちが好き？」

デートで女子が男子に甘えるときにやるみたいな、あざといムーブだ！　紫陽花さんがやると、すごい自然！

わたしはプチプラのコスメしか使わないから、良し悪しとかわからない……。

でも紫陽花さんは『どっちが似合うと思う？』じゃなくて、『どっちが好き？』って聞いてくるあたりすごいと思う。それなら好きなほうを指せばいいだけなんだから。

「えっ、や、あの……じゃあ、ピンクのほう……！」

「ほんと？　私もねー、こっちが好きかもって思ってたんだよねー」

やった！　わたし大正解！　内心でガッツポーズを取る。

浮かれた直後、でも紫陽花さんなら、どっちを選んでもそう言ってくれた気がする……とか考えて真顔になるあたり、筋金入りの陰キャ！

かわいらしく笑う紫陽花さんは、店員さんを呼び止めてお試しメイクをしてもらうようだ。

へー、デパートだとそういうのもしてもらえるんだ。知らなかった。

「ついでだし、れなちゃんもやってもらおうよ」

「はっ!?」

わけもわからず、鏡の前に座らされた。

ま、待って、わたしそんなにお金ないよ!?

リップをタッチアップしてもらっている紫陽花さんを横目に、わたしのもとにもスーツ姿のきれいなお姉さんがやってきて、にこりと微笑みかけてくる。

あわわ。

「きょうはどうしますか？　お友達と同じものつけてみますか？」

「えっ、いや、あの……すみません、持ち合わせがそんなにないのでわたし……」

するとお姉さんはくすりと笑って。

「だったら、そうだなあ。新製品のサンプルとかどう？　試供品あげるから、気に入ったらまた遊びに来てくれればいいからね」

「す、すみません、お手数をおかけしまして……」

「いいのいいの」

宝石みたいにきれいなリップを手にしたお姉さんは、デパートスマイルを浮かべながら、わたしの頬に手を添えてくる。わ、わわわ……。

「君はお化粧するの、好き？」

「え？　いやあの、どうでしょう……。いつも動画とか見て、みようみまねでやってるだけなんで」

口を滑らせてからしまったと思った。お姉さんを気分悪くさせてしまったかな……。

けどお姉さんは、そんなことないよ、とばかりに笑って。

「ふふ、そっか、正直だね。だったらこれからうちのお客さんになってくれるかもしれない子だ。がんばって、かわいくしちゃうね」

「あうあうあう」

張り切ったお姉さんに弄ばれ、しばらくしてからわたしは試供品をどっさりと渡された後、解放してもらった。

隣にはうるツヤの唇で、普段よりちょっぴり大人っぽく笑う紫陽花さんがいる。

「張り切られてたねー」

「ははは……たくさん構ってもらっちゃった……」

新作リップを買った紫陽花さんは、わたしを正面からじっと見つめてくる。その唇の艶やかさに、思わず生唾を飲み込んでしまう。

「うん、れなちゃんすっごくかわいい！」

天使に力いっぱいかわいいなんて言われて、わたしの頰がいっきに熱くなってしまう。

「そ、それはメイクの腕がよかったり、コスメの質がよかったりするだけかな！」

「ってことは、れなちゃんがもっとメイク上手になって、自分でデパコス揃えられるようになったら、いっつもそんなにかわいくなっちゃうってこと？」

「な、ないない、ムリムリ！」

両手をバタバタと振る。暑い暑い。

「てか、紫陽花さんこそ、めちゃくちゃ似合ってるし……。無敵すぎるじゃんそれ」

かわいい紫陽花さんがさらにかわいくなって、地上に舞い降りた大天使そのものになってしまった。

もてはやすと、紫陽花さんは可憐に微笑んで。

「えへへ、そう？」

ちょっと恥ずかしそうに目を泳がせて、それから。

「ちゅっ」

と、新作リップの唇を尖らせて、わたしに投げキッスをした。

えっ……か、かわ……。

心臓止まるかと思った。

スマホを取り出し、構える。

「紫陽花さん、もう一回！　もう一回！」

「えっ、撮るの⁉」

「すっごくかわいかったから！　大丈夫、誰にも見せないから！　家でひとり楽しむから！　アンコール！　アンコール！」

二度目は顔を赤くした紫陽花さんの、先ほどよりずっと控えめな「ちゅ……」だった。

動画で撮ったので、いつまでも大切に保存しようと思う。生きててよかった。でもリクエストはやりすぎだっただろうか……。

紫陽花さんといると、心の上下運動が激しい。

次は、上の階でも回ろうかってなったときだ。

紫陽花さんが自然とわたしの手に手を伸ばしてきた。

えっ!?

「あ、ごめん、嫌だった？」

「そういうわけじゃ、ないんだけど……え、なんで？　わたしのこと好きなの!?」

思わず本音が漏れてしまった。

しかし紫陽花さんは『なんでそんなこと聞くの？』とばかりに平然として。

「れなちゃんのことは好きだよ？　もちろん」

はあああ!?

動揺がやばい。こちとら真唯のせいで、最近そういうのがぜんぶヘンな意味に聞こえてしまう呪いを受けたんだ。ましてや相手は紫陽花さん！

しかも手を繋がれる。真唯よりずっと小さな指が、あまりにもかわいらしくて困る。

横を歩く紫陽花さんはやけに上機嫌で、わたしはこんなにいいことばかりが起きるわけないって思っているから、どこかできっとちゃぶ台返しがあるんだ……。

「ね、ちょっとだけ愚痴ってもいい？」

もうきた。早くない？　あまりにも恐ろしい。

「あっ、はい、すみません」

「なんで謝ってるの」

また笑われた。てっきり『れなちゃんさ、実は私、グループでどうしても生理的に受けつけない子がいて……［あ］で始まって［こ］で終わる子なんだけどさぁ』とか言われるのかと思ったら。

「私、ちっちゃい弟がいるって言ったでしょ？　家ではガミガミ叱ってばかりでさ」

「ええっ!?　紫陽花さん、怒ることあるの!?」

「あるよう。ていうか、怒りまくりだよ。出したもの出しっぱなし、忘れ物ばっかり、お風呂掃除の当番も守らないで、ゲームやってたら返事もしないんだもの」

「お姉ちゃんだ……」

紫陽花お姉ちゃん……。とてもいい響きだけど、口に出して呼ぶ勇気はなかった。

「そうなんだよ。だからお姉ちゃんは、たまにはこうしてかわいい女の子と遊んで、女子力を吸い取らなきゃいけなくてさー」

紫陽花さんが吸血鬼みたいに犬歯を見せて、ふふふと不敵に笑う。かわいい。

「いや、わたしなんてそんな、女子力ピコ値なんで……」

「友達とふたりでデパコス巡りなんて、初めてだったけど、楽しかったよ。付き合ってくれてありがとうね、れなちゃん」

そう言って、繋いだ手をにぎにぎしてくる紫陽花さん。

うわあ、赤面する。

違う違う。紫陽花さんはわたしを友達として好きで、友達として楽しんでくれているだけだ。天使だから感情表現が豊かで、相手を喜ばせることにてらいがないだけなんだ。

だから、これはわたしが勝手にドキドキしているだけなんだ！

なんなんだ。紫陽花さんの唇とか盗み見みちゃうこの感じ！

わたし、女の子が好きになっちゃった……？　そんなばかな……。

「どうしたの？　急に立ち止まって頭抱（かか）えて……。え、具合悪くなっちゃった？」

「いえ……なんか、もう二度と入れないダンジョンで、取り忘れた宝箱を見つけた上に、セーブデータを上書きしちゃったような気分っていうか……」

そんなことを言っていると、本当のちゃぶ台返しがやってきた。

「おっ」という声が聞こえて、顔を上げる。

「瀬名（せな）と、甘織じゃん？　買い物中？」

イケメンだ。

違う、クラスメイトの清水（しみず）くんと、藤村（ふじむら）くんだ。

確かどっちかがバスケ部で、どっちかがサッカー部だったような。ともかく、長身で肩幅が広くて整った顔立ちのイケメンふたりを前に、わたしは緊張してしまう。

女子同士ですらムリ気味なのに、教室でも目立つような男子相手に、気軽に喋れるわけないよね！

いまだわたしの手を握ったままの紫陽花さんは、もちろん物怖じなんかせずに。

「そうだよ。ふたりこそ男同士でこんなところ来るの珍しいね。プレゼントとか？」

「そそ。こいつのカノジョの誕プレにさ」

「ま、もうあらかた目星はつけたんだけどね。ってわけでお茶でもしていかねえ？」

「えー、どうしよっかなー」

紫陽花さんはニコニコと受け答えをしている。わたしはその手をぱっと離して、一歩後ろに下がる。紫陽花さんは誰にでも優しいから、きっと四人で遊べばもっと楽しいよ、ってわたしを誘ってくるだろう。

あ、なんか、空いた手のひらを見つめながら、ふと、思い出しちゃった。

……前にもこんなこと、あったよなあ、って。

けっこう昔のことだ。具体的には中学時代。

男の子も来るから一緒に遊ぼうよ、って言われて……わたしは緊張しちゃうし、なにを話していいかわかんなくなるから、遠慮しておくー、って断ったんだ。

そしたら後日――。

『――甘織、なんで誘い断ったの？　生意気なんだけど。もう二度と誘わないから』

あのときのわたしは怒るでもなく、泣くでもなく、ただへらへらと笑っていたような気がする。そんな態度も、彼女は気に食わなかったのかもしれない。

わたしがぼっちになった原因は、そんな些細なことだった。

たまたまその日、向こうの虫の居所が悪かっただけの話。

彼女はクラスでも目立つ女の子で、それからわたしはなんとなく無視され始めた。表立って抵抗しようとせず、流されたままのわたしを特に気に留めてくれる人はいなかった。

卒業までわたしは、ひとりぼっちだった。

大げさにトラウマだなんて言い張るつもりはないけど、それ以来わたしは自分の行動が周りの人にどう評価されているのか、他人の目が気になって仕方なくなって。

そして、人からの誘いを断るのが、極端に怖くなってしまった。

男子と一緒に遊ぶとか、めちゃくちゃ苦手だけど……うう、仕方ない。

大丈夫。紫陽花さんとふたりのデートの予定が崩れて、おうちに帰った後、バタンと倒れる程度のことだ。大したことじゃない。

高校三年間をぼっちで過ごすことよりぜんぜん、耐えられますし！

ただ、ここにもし真唯がいたら。

いつもみたいに、わたしの腕を引っ張って助けてくれたんだろうなー、なんて。

ぼんやりと思ってしまって――。

自分で自分の発想に、思わず憤りを覚えてしまった。

――なにそれ、ぜんぜんだめじゃん。

それ、真唯を一方的に利用してるだけだ。理想の友達像とはかけ離れてる。打算なく付き合えるような、本当の友達。それが、わたしの目指すものなのに。都合が悪くなったら頼るだなんて、どんだけ心が弱いんだっての、わたし。

悔しい。そりゃ真唯はなんでもできるすごいやつだけど、それとこれとは違うじゃん。これじゃ真唯に胸張って恋人より親友のほうがいいだなんて、言えなくなっちゃうよ。

あいつはフランスでがんばってるんだ。わたしだってちゃんと、自分の口で断らないと！

（めちゃくちゃスケールダウンだけど！）

「ね、れなちゃんはどうする？」

男子を代弁するように促（うなが）してくる紫陽花さんに、わたしは思いっ切り息を吸い込んで。

過去がなんだ。中学時代がなんだ。わたしは変わったんだ。

この学校で、わたしは『本当の友達』を見つけるんだから――――！

「ごめん！　わたしはみんなとは――――」（バタッ）

目眩（めまい）がして、わたしはその場に倒れ込んだ。

「れなちゃん!?」

軽い貧血だった。

「ほら、甘織。水分摂（と）っとけ」

「大丈夫か？　家まで送っていくか？」

「いえ、その……恐縮です……」

清水くんから受け取ったポカリを両手に抱き、わたしは踊り場のベンチで休まされていた。

このふたり、優しい……。

そしてわたし、断ろうって決意したまではよかったのに、メンタル弱すぎ……。

「ふたりとも、ありがとうね。あとは私が見ているから、大丈夫だよー」

「そうか。じゃあ俺たちはもう行くけど、気をつけろよ」

「え？　なんだよそれ、冷たくね？」

「……バカ、こういうのは女子に任せたほうがいいんだっての。男が一緒にいても、気を遣わせるだけだろ」

「あ、そういうことか。すまん、気が利かなかった。じゃあまた学校でな」

ありがと、清水くん、藤村くん……。男の子の陽キャ、女子にめっちゃ優しい……。わたしが一方的に苦手でごめんなさい……。

さらに気まずさは続く。紫陽花さんとふたり残されて、申し訳なさがものすごい。

「あの……」

「ごめんね、れなちゃん」

先手を打って謝られた。どういうこと？　『もう私、れなちゃんと友達を続けていく自信ない』とか言われちゃう？　それはもう、おしまいですね。さめざめ泣こう。

わたしが自己責任による心の準備を固めていると。

「れなちゃん、男の子たち苦手っぽかったでしょ。というか、知らない人全般、かな。私が先に断ればよかったよね、ごめんね」

冷や汗をかく。

「でも、あの、その……わたしといるより、紫陽花さんはふたりと遊んだほうが楽しいんだったら、そっちを選んでくれて、わたしとか切ってくれてても……」

「違うよ」

たどたどしくそう言ったわたしを、じいとまるで批難するように見つめてきて。

「れなちゃんと遊びに来たのに、れなちゃんがつまらないことしても意味がないでしょ」

手を握られた。ひっ、やわらかい。

「私はきょう、れなちゃんとデートしに来たんだよ？」

拗ねたみたいな口ぶりで言われた後に、にっこりと微笑まれた。

思い違いを指摘されて、わたしは「ご、ごめん」と謝るんだけど、紫陽花さんはまだまだ言いたいことがあるみたいだった。

「ちゃんとわかった？　私がそんなに八方美人じゃないって」

「わ、わかりました」

「ほんと？　ほんとに伝わった？　私けっこうワガママだし、怒りん坊なんだからね」

鼻先に指を突きつけられて、コクコクとうなずく。

もしかしたら真唯みたいに、紫陽花さんも周りから押しつけられるイメージに辟易していたのかもしれない。

「ちゃ、ちゃんと覚えておくね」

「わかってくれたなら、いいんだよ。ふふふ、あのね私、弟にお説教するとき、こうやってぎゅーって手を握るんだ。そうするとチビたち恥ずかしそうにして、ちゃんと素直に言うこと聞いてくれるんだよね。お姉ちゃんの裏ワザ」

「言うこと聞いちゃうって、こんなの……」

全身にめちゃくちゃ血が通っている感覚ある。心拍数がすごい！

「それで、体調だいじょうぶ？　立てる？　歩けそう？」

「うん、もうぜんぜん平気。ご迷惑をおかけいたしました」

「そっか、ならよかった」

立ち上がった紫陽花さんは、こちらに向かって手を伸ばしてきて。

「きょうはもう、帰ろっか。またデートしようね、れなちゃん」

笑顔が輝いて、背中には後光みたいな羽根が見え隠れする。ワガママでも、怒りん坊のお姉ちゃんでも、紫陽花さんが天使なのは間違いないようだった。

帰り道、新宿駅の構内で、発売したばかりのゲームの広告を見た。

「お」と立ち止まって反応しちゃうと、並んで歩いていた紫陽花さんも横長の看板に目を向けてきて。

「れなちゃん、ゲームとかやる人なんだ？」

「え？　いや、あの、ちょっとだけどね！」

紫陽花さんは看板をぱしゃりとスマホで撮影。

「そうなんだー。私はチビたちと一緒に遊んだりするんだよねー。でもこのゲームの前作は、私のほうが夢中になっちゃったかも」

なんですと。

気づけば紫陽花さんの両肩を摑んでいた。

「わ、わたしも……わたしも、ゲーム好きなの！」

ハッ、と気づく。やばい、ついついキモムーブをしてしまった。共通の趣味があるからって鼻息荒くしちゃいけないんだってば！

これにはさすがの紫陽花さんも不快感をあらわにして……。

「へー、そうなんだー。意外だね、れなちゃんってそういうの興味ないかと思ってた。ね、どんなゲームやるの？」

天使〜〜〜〜！

帰りの電車の中で、わたしは決して早口にならないよう、開発者インタビューなどから仕入れたマイナー知識を披露しないよう、落ち着いて落ち着いて落ち落ち落ち着いて語る。紫陽花さんは楽しそうに聞いていていてくれた。

あまつさえ——。

「へえ、買ったんだ。私もやってみたいなあー」

「だ、だったら」

クリアーしたから貸してあげるよ！　っていう言葉を喉元で飲み込んで。

「こ、今度うち来て遊ぶ？」

きょうと同じみたいに、勇気を出してまた自分から誘ってみた。すると紫陽花さんは目を細めて笑いながら。

「いいの？　いくいく」

うわあ、嬉しすぎる。

人生でたった一度だけ拾った幸運だと思っていたら、この次も紫陽花さんと遊べるなんて……わたしひょっとして、陽キャのコツ摑んできた？

「紫陽花さん……お友達になろ！」

「今まで友達じゃなかったの!?」

真唯よ、悪いな……。あんたが遠い空の下にいる間、わたしには新たな友達の兆しが見え始めているよ……ふふふふ……。

＊＊＊

真唯からはしょっちゅうメッセージが送られてきた。

お風呂上がり、もらったデパコスの基礎化粧品をお肌に塗りたくって、やっぱりいいものは違うな……と思いつつ、スマホのアプリを開く。

フランスの劇場だとか、カフェの前に立ってポーズを決めた写真の数々はすごく雰囲気があって、まるで雑誌の一ページみたいだ。

『見惚れてくれたか？』

そんな自信百パーセントのセリフに、わたしはまったくもうとため息をつく。

『はいはい、お仕事がんばって』

電話がかかってきた。ちょっとビビりながら耳に当てる。

「も、もしもし」

『どうした？　少し冷たいじゃないか。私と会えなくて寂しいから、構ってほしがって拗ねているのか？　かわいいな。かわいいぞ、れな子』

「ちがうわい！」

威嚇（いかく）するも、真唯は笑っていた。いつものこと、いつものこと。

『安心してくれ、今はちゃんと髪を結んでいる。君の親友だよ』

そんなことを言われると、邪険にできなくなってしまう。ずるいやつだ。

「まったく……そういえば、テレビに出てたの見たよ。友達がかっこよくしてて、すごいなあって思ったよ」

『そうか、面映（おもは）ゆいな。惚（ほ）れ直してくれたか？』

「友達でしょ！」

境界線を簡単に踏み越えてくるズルい真唯を、ぴしゃりと叱（しか）る。

わざわざフランスから電話をかけてくれる真唯の想いに、なんとなく唇がうずうずしちゃう気がしたけど、これは錯覚。そう、いい化粧水のせい。

「で、そっちはどうなの？　お仕事は、順調？」

『当然だ、私だからな』

芦高（あしこう）のスパダリは、世界的にも活躍しているらしい。

『と言いたいところだが、別に私でなくても構わないことばかりだ』

「……なにそれ？」

『椅子に座って笑っているか、聞かれた言葉に答えるか、あるいは服を着替えるか着てポーズを取るか、それだけの仕事だからね』

「よくわかんないけど……モデルってそういうものなんじゃないの？　オンリーワンっていうか、その人のスタイル自体が価値をもってっていうか」

　真唯はおかしな間を取った。

『ここで価値をもつのは、私があの人の娘であるということだよ』

「え？」

　聞き返すと、真唯の妙な気配はすっかり消え去っていた。

『いや、なんでもない。変なことを言ってしまった。忘れてくれ』

　わたしは唇を尖らせる。

「……簡単には忘れないよ。だって今は『親友』なんでしょ。遠い空の下で寂しそうにしてる友達の言葉、聞き流せないよ」

　紫陽花さんや男の子には言えなかった言葉も、真唯相手ならスラスラと口にすることができた。どうしてなのかは自分でもわからないけれど。

　ふっ、という微笑みが電話口からこぼれてくる。

『ああ、好きだな、君のこと……』

　吐息まじりの声に胸が詰まって、一瞬なにも言えなくなる。

『大したことじゃないんだ。ちょっと弱音を吐きたくなっただけでね』

「う、うん、いいよ別に。なんでも言いなさい、ここは屋上じゃないけど、なんだって受け止めてあげるってば。ほら、れな子お姉ちゃんに話してみなさいよ」

紫陽花さんをちょっと真似して真唯をからかってみたり。

『れな子お姉ちゃん、か……。君のような姉がいたら、毎日甘えてしまいそうだ』

「真唯みたいな妹いたら、めちゃくちゃ比べられて毎日凹(へこ)みまくりそう……」

『そのときは私に甘えればいいのでは？』

「ただれた共依存関係……」

真唯が笑う。恥ずかしい。お姉ちゃんとか余計なこと言わなければよかった！

『私にとっての恋人っていうのは、特別な存在なんだ』

なんでも聞くと言った手前、それが危ういと思われる話題であっても、わたしは受け入れるしかない。

『他の誰にも替えの効かない、大切な人。私にとってはそれが、君だったんだよ』

「いや、でもそれは」

『君はいつもみたいに、どうして私が？　と言うのだろうが、あの日あの時あの場所にいたのは君だった。運命っていうのはね、運命だから見知らぬ他人が出会うんじゃない。出会ったところが私と君の運命なんだ』

そんなの、あとから理屈をつけているだけだ。

確かに、屋上から落下して助かったのは奇跡的だったけど。すぐに真唯だって『これは運命じゃなかったんだ』って気づく日が来る……とわたしは思ってる。

だけど、なぜだかそれを言いだす気には、なれなかった。

わたしだって、真唯を『特別な存在』だって思いたいから……なのかもしれない。

「……じゃあわたしは、他の誰にも取り替えられないってこと？」

『もちろんその通りだ。れな子の代わりなどどこにもいない』

いると思うんだけどなあ……。

「……ま、わたしはともかく、真唯の代わりはそういないよね」

『それは、本当か？』

ほんの少しだけ心細そうな真唯に、「当たり前でしょ」と太鼓判を押す。

それは別に、容姿がいいとか、スパダリだとか、そういうことじゃなくて。

「あんな強引に迫ってくるような女が、そう何人もいてたまるかっての」

……こっちは、いつ真唯に恋に落とされるかもわからなくてヒヤヒヤしてるんだから。

言わないけどね！　落とされるのは屋上からでじゅうぶん！

『ありがとう、少し安心したよ。……本当に君は、優しいひとだね』

力強さを取っ払った真唯の素のささやきは、耳からわたしの心をとろかせてしまうようで、電話の距離感はなかなか危ないな、って思った。

慌(あわ)てて話を変える。

「普通だから、ふつー。て、ていうかそっちって何時ぐらい？　今なにやってたの？」

『ちょうどお昼だな。ずっと待機時間が続いて、ようやくさっき撮影が一段落したところさ。君の写真を見てニヤニヤしていたよ』

「いつの間に撮ったんだ……。恥ずかしいんだけど……」

『大丈夫だ。私の愛しい人(シェリー)だと言うと、皆、とてもかわいい(パルフェット)と褒(ほ)めてくれる』

「余計に恥ずかしいんだけど!?　なにやらかしちゃってるの!?　てかなんで見せびらかしているの!?」

『自慢の恋人だからな』

「友達！　友達ぃ！」

『で、そちらはなにか変わったことがあったかい？』

「人の話を聞け……」

わたしは紫陽花さんと初めてふたりで遊びに行ったことを話した。

「ゲームけっこうやるみたいで、明日うちで遊ぶんだー」

へへへー、いいだろー、という自慢だ。

あの紫陽花さんを二日も独り占めできることに、わたしははしゃいでいた。

だから、気が回らなかったのかもしれない。

『ほう。ふたりきりでか？　……なるほど』

今さら紫陽花さんとふたりで遊ぶからなんなのさ。いつも五人で遊んでいるじゃん。そんな感じのことを言おうとしたんだけど、真唯の声は急に冷たくなっちゃって。

『……そうか、君がそんな女だとは思わなかった』

「え、なにが」

『私というものがありながら、他の女を部屋に招くのか……なんて人の心を弄ぶ……』

「待って!?　紫陽花さんはただの友達だからね!?」

『遠距離恋愛になった途端に浮気する悪女か、君は！』

「誤解がすぎる！」

なにが誤解なのかもわからないが、叫ぶ。

「とにかく！　わたしと真唯は本当の恋人同士ってわけじゃないんだから、誰と遊んだってわたしの勝手でしょ!?」

なぜこんなこと主張しなきゃいけないのか。

これじゃ本当に付き合っているみたいだ！

『もういい！　勝手にしてくれ！　私と君はあくまでも友達同士なんだからな！』

「最初からそうだったよね!?　なんで急にめんどくさくなるのよあんた！」

まじで意味がわからん！

「ていうかあんた、わたしがキスとかするの嫌だ嫌だって言っておいて、無理矢理してきたくせに！　自分が嫌なことされたときの気持ちもちょっとは味わいなさいよ！」

『君は悦んでいただろ！』

「勝手なことばっかり！」

『だったらいいさ！　私だってこっちでとびきり綺麗な子とデートをしてやるからな！』

うぐ、と言葉に詰まった。

テレビで見た真唯の近くにいた、日本発の大勢のモデル。

わたしじゃ、どの子の足元にも及ばない。劣等感が足で踏み潰されるみたいにグリグリと刺激される、んだけど。

しかし真唯はその倍、ショックを受けていた。

『……いや、しない……。冗談だ、すまない……。あてつけで、私は私のプライドを捨て去ってしまうところだった。王塚真唯とあろうものがな……』

「う、うん。そっか……」

ホッ、とため息をつく。

いや、なんだ？　このため息。なんでこんなにホッとしてるんだ。

『だから君も、白状していいんだよ。紫陽花と遊ぶというのも冗談なんだろう？』

「そっちはホントだし！」

『なんてやつだ！』

「また繰り返し！」

その日、わたしと真唯はまるでケンカするみたいに電話を切った。

あのキス以来、真唯もどんどんとおかしくなっている……。

……このままじゃ、わたしたちはいずれもっと大きな、あるいは、決定的なケンカをしちゃう気がする。

やっぱり恋愛は危険だ。真唯ですらおかしくなるんだから、やめたほうがいい！

＊＊＊

真唯がいない週末の学校は、スパダリのいない退屈さと平凡さを紛らわすように、あちこちで遊びの予定が立てられていた。

「うわーん、つまんな～～い！」

けど、その中でひときわ荒れ狂っているのが、真唯大好き人間の香穂ちゃん。頭を抱えて、机でジタバタしている。

「落ち着きなさいよ十六歳児。まったく、なんでそんなに王塚真唯がいいの」

紗月さんが聞くと、香穂ちゃんはガバっと起き上がりながらむしろ意外そうに。

「みんなわかってないんすよ！　あのスパダリがクラスにいるとかさ、目の保養だし、すっごいラッキーだってことをさ！　慣れすぎちゃってるんじゃないんすかね！」

隣にいた紫陽花さんが、ニコニコと後ろ手を組みながら。

「えー、ラッキーだなーって毎日思ってるよー。ね、れなちゃん」

「う、うん。おかげでうちの高校の制服の価値、あがってる的なところあるし」

「そういうんじゃなくてさー！　ねー、サーちゃーん！」

抱きつこうとした香穂ちゃんをサッとかわす紗月さん。

「別に、王塚真唯がいようがいまいが、私たちの高校生活に変わりはないでしょ。日々やるべきことをやるだけなんだから。むしろ鬱陶しいのがいなくなってせいせいするわ」

「毎日張り合う相手がいなくて寂しそうな顔してるくせに〜？」

「…………」

「いたっ、ちょ、文庫本で叩くのやめて!?」

余計なことを言った香穂ちゃんが紗月さんの怒りを買っていたり。紫陽花さんがそのじゃれ合いを見てニコニコと楽しそうにしていたり。

真唯のいないうちのグループは、片側から音の聞こえなくなったイヤホンみたいに物足りなさがあったけれど、少なくとも平和ではあった。

わたしも心乱されることがなくて、穏やかな学園生活を送っていたり……。（清水くんと藤

村くんにはお詫びのジュースとともに、もう一度謝った。ふたりは優しかった）

……てか、あれ？　ひょっとしてわたしのマジックポイントが切れた原因って、そもそもグループに真唯がいるから緊張しすぎて、とかだったりする!?

というわけで、放課後。ふふ、きょうは紫陽花さんとの約束の日だ。

「それじゃあれなちゃん、一緒に帰ろ」

「ぜひ！　喜んで！」

この一ヶ月で、おうちに友人を招くのは、真唯に続いて二人目。わたしの高校デビューは間違いなく成功したと言っても過言ではない……。

チラチラと頭の端で『なんてやつだ！』と目を尖らせるミニチュア真唯を手で追っ払いつつ、紫陽花さんと並んで下校する。

電車で帰る道のりも幸せだった。会話も滞らずに流れているんだけど、それは単純に紫陽花さんのコミュ力がずば抜けているからであって勘違いはするなよ、甘織れな子。

いらっしゃいませー、と家に到着。玄関を開けたところで、妹とばったり出くわした。いつもバド部の練習で遅くなるくせに、きょうに限って家にいる！

でもいいんだ。わたしは満面の笑みで紫陽花さんを見せびらかしちゃう。

「ただいま。あ、きょうお姉ちゃんの友達来てるから」

ふぁさぁと髪をかき上げながら告げると、妹は案の定びっくりした顔で「うわ美少女がいる」と脊髄から声を発した。

「初めまして。れなちゃんの妹さん？　美少女だなんてありがとうね」

紫陽花さんの微笑みには、妹ですら見惚れてしまっている。

わたしの友達だからね、わたしの。

「あっ、はい。すみません、突然失礼なこと言っちゃって。あの、姉をよろしくお願いします。なんの取り柄もない平凡を絵に描いたような姉ですが」

妹はめちゃくちゃ余計な一言を除けば、そつなく挨拶をした。さすが体育会系陽キャ。

「じゃあお姉ちゃんたち、部屋で遊んでるから邪魔しないでね」（ふぁさぁ）

「あっ、紫陽花さん、あとで連絡先交換しません？」

「いいよー」

「遊んでるからね！」

くそう、我が妹ながら油断も隙もあったもんじゃない。

去っていった妹の後ろ姿を睨みつけていると、天使の紫陽花さんはニコニコとして。

「さすがれなちゃんの妹ちゃん、うちのチビたちと違ってお上手だねえ。美少女だって。えへへ」

「あいつはわたしと好みが似てるのかもしれない……いや、なんでもないです！」

ごまかすようにわたしの部屋にお招きする。

「さ、なんのゲームしましょうか！」

「わ、すごい、多いんだ。うちよりぜんぜん持っているんだねー」

「そ、そうかな？　ふつうじゃありませんか？」

中学のときはほんとずっと引きこもってゲームしかしてなかったからね、わたし。

ああ、隣を見れば、わたしの部屋に紫陽花さんが座っている……なんて幸せ……。

いや、じーんと感動に打ち震えている場合じゃない。『なに見てんの？　うざ……』とか言われる。紫陽花さんはそんなこと言わない！

「あ、これやろうよ。気になってたんだー」って紫陽花さんが手に取ったソフトは、昨日看板で見た新作ではなく……こないだ真唯と遊んだやつだ……。

脳内でまたしてもわめきだす真唯。しかしわたしの前には笑顔の紫陽花さん。

うん……うん！　ほら、真唯とはあのあと格ゲーになっちゃったし！　ていうか真唯とはまた遊べばいいわけだし！

「やろやろ！」

わたしは真唯が遊びに来たときと同じように、横に並んでテレビ画面に向かう。

「先に言っておくけど私、ゲームヘタだから、迷惑かけたらごめんねえ」

「大丈夫、大丈夫。わたしに任せて！　紫陽花さんには指一本触れさせないし、全部の敵を視界に入る前に抹殺してやるから！」

「それ私、なにもできないんじゃ？」

しまった、感情がほとばしってしまった。

「じゃ、じゃああと一撃で倒せるぐらいにヒットポイント調整して……」

「もう、普通でいいってばあ」

笑いながら紫陽花さんが肩を叩いてくる。

ひええ、ボディタッチだ……。いい匂いする……。

「そ、そうだよね、友達とゲームやるんだもんね。普通でいいよね、普通……」

しかし普通ってなんだ？　わたしは真唯としかゲームしたことないぞ！

コントローラー握るだけで、すごい緊張する変な汗出てくる。カチコチになったまま、ゲームがスタートした。

けど日頃のルーチンというのは大したもので、ゲームが始まった途端にわたしはすっかり普段の自分を取り戻し、少しもミスをすることなく――。

「わっ⁉」

「――！」

「わー、恥ずかし……。本気で叫んじゃった」

手をパタパタして、赤い顔をごまかすように笑う紫陽花さん。

いやムリでしょこんなの平静とか……かわいい横顔ずっと見つめちゃうでしょ……。

真唯なんて、『なにかが出てきそうな気配がするな……。よし、君は遮蔽物(しゃへいぶつ)に隠れていてくれ。私が先に行こう』という、完全にレンジャー部隊プレイだったからな。

いかんいかん、紫陽花さんといるときに他の女のことを考えちゃうなんて！

「れなちゃんはゲームやり込んでいるねえ。敵がどこから現れるか、覚えてるの？」

「いやあ、たまたまだよ、たまたま」

ついこないだやったばかりだしね……。

「かっこいいなあ、れなちゃん」

「えっ？　あ、わたしの使ってるキャラクターが？　うん、だよね」

危ない危ない、勘違いするところだった。

「ううん、れなちゃんゲームうまいのかっこいいなあって思ったの。すごいねえ」

ゲームうまいのってかっこいいの……？　紫陽花さんの価値観がまったくわからない。

「ね、れなちゃんがよかったら、今度うちにも遊びに来ない？」

「えっ、ぜったいいく」

「ほんと？　嬉しいなあ」

こんなにも、紫陽花さんに求められるなんて、引きこもってゲームしててよかった。

「ゲーム上手なお姉ちゃんが遊びに来て、うちの弟たち喜ぶだろうなあ。チビにモテモテになっちゃうねっ」

あっ、そういう意味か……。でもお姉ちゃんとしての紫陽花さんを見られるのなら、いっかな……。紫陽花さんの弟さんはゲームが上手な人が好きなのか、そうか……。

「えと、これは参考程度に聞きたいんだけど、紫陽花さんはどんな人が好きなの？」

「えー？　私、理想が高そう？」

「いや、そういうわけじゃ……。ただ、ちょっと興味あっただけ」

セーブポイントで小休憩中。わたしがコントローラーを置くと、紫陽花さんも同じようにして斜め上を見上げた。

「実は私ね、そういうのあんまりないんだよね。一緒にいて楽しい人がいいけど、別にそれが必須ってわけじゃないし……あ、どっちかというと安心できる人が好きかな？　俺についてこい、みたいな怖い人はあんまり得意じゃないかも」

「なるほど王塚さんみたいな怖い人」

「真唯ちゃんは優しいよー。あのグループの子は、みんないい子たちだもんねえ」

「圧倒的お姉ちゃん目線……！」

真唯や紗月さんをいい子呼ばわり……。紫陽花さん、ほんとに人間界に遣わされて、人々の善行を見守っている存在なの？

「なになに、れなちゃんこそ気になる人いるの？」

「え？　ええ？　い、いませんけど？」

「紫陽花的な経験としては、人に気になる人を聞く人はね、その子のことが好きか、それとも好きな子がいる人なんだよねえ」

　腕を組んで語る名探偵風の紫陽花さん。いや、あの。

「その理屈で言うと、わたしの好きな人って紫陽花さんなのでは……」

「ほんとだ。……えっ、そうなの？」

　紫陽花さんは両手で口元を押さえながら、顔を赤らめた。

「い、いや、違いますけど!?」

「ああ、そうなんだ。えー、びっくりしたぁ。えへへ、女の子の友達に告白されるの初めてだなあって思っちゃった」

「違うからね!?　わたし、とにかく違うから！」

　立ち上がってまで必死に否定する。でもこれ必死すぎて逆効果では!?

　紫陽花さんは焦るわたしを上目遣いに見上げつつ。

「えー？　残念だなあー？」

「か、勘弁してください……」

　座り直す。ひえ、顔あっつい。

　紫陽花さんはなんか嬉しそうだし……。

「ひょっとして紫陽花さん、わたしをからかって楽しんでますー……？」

「バレちゃった？」

「こらー！」

「きゃー」

詰め寄ると、紫陽花さんは床にこてんと倒れた。

わたしの部屋のカーペットに寝転がってこちらを見上げてくる紫陽花さんの姿は、乱れた髪もあって、なんだかえっちだった。

うっ、人間を誘惑する堕天使（だてんし）モード……。光と影がわたしを交互に振り回す！　でも、紫陽花さんに振り回されるのは嫌いじゃないかも……。

ていうか真唯のせいで、わたし友達相手にこんなこと考えるような女になったじゃん！　はしたない！　あの女がわたしを変えた！

「うう、ごめんな、紫陽花さん……」

「いいよ、大丈夫、許してあげるね。なんのことかわからないけど」

指でオッケーマークを作る紫陽花さんに思わず抱きつきたくなっちゃうけど、今のわたしは絶対に不純なことを考えてしまうので自制した。

と、そこでチャイムが鳴った。

反応して振り返りつつも、妹が家にいるから大丈夫か、と紫陽花さんに向き直る。

「出なくていいの？」

「いいのいいの、どうせ妹がいるし」

髪を直してる紫陽花さん、かわいいな、ってほんわかしていると。

ドタドタドタ、と荒々しい足音が迫ってくる。

「ちょ、ちょっと、なに？」

バーンとドアが開け放たれた。大きな音にびっくりして振り返ると、わたし以上にびっくりした顔の妹がいてビビった。

「お姉ちゃん……」

「な、なに」

「なんか、ハリウッドの女優みたいな人が来たんだけど……」

眉間(みけん)を押さえる。

真唯だ。

真唯だった。
嫌な予感がしたので、紫陽花さんは部屋に待たせてきた。妹の相手をしてもらっている最中
「やあ、ダーリン」
だ。あっちをふたりきりにするのもどうかと思ったんだけど、そんなこと言っていられる場合

じゃない。

　真唯は玄関にニコニコと立っていた。

　その格好はスタイルのよさをこれでもかと見せつけるような細身のスーツ姿に高いヒール、しかも額に大きなサングラスをつけているから、まさしくハリウッド女優だ。

　しかも両手いっぱいの花束を抱えている。やだ、赤い薔薇、似合いすぎ……。

「な、なんで……？」

「いやあ、仕事が早く終わってね。本来は観光でもしてから帰ってこようと思っていたんだけど、早めに切り上げてきたんだよ」

「それもなんで!?」

「ふふ、言わせたいのかい？　もちろん、君に逢いたかったから」

「しかも髪を下ろしている……」

　真唯が抱きついてこようとしてくるのを両手で制止する。まってまって。玄関が最終絶対防衛ラインと化した。

「ちょ、ちょっとだめだってば。言ったでしょ？　今、紫陽花さんが遊びに来てて」

「ならちょうどいいだろう。一緒に遊ぼうじゃないか」

「まじ……？」

　花はリムジンを運転してきた運転手らしき人が持って帰っていった。世界観がすごい。

遊びに来た以上、門前払いするわけにもいかず、真唯を家に上げてしまった。戻ると、紫陽花さんもめちゃくちゃびっくりしてた。

「えっ、真唯ちゃん!?」

「やあ、紫陽花。仕事が終わったので、ちょっと寄らせてもらったよ」

さらに真唯は、部屋の隅っこで固まっている妹にも微笑みかけて。

「君が、れな子の妹御か。初めまして、王塚真唯だ。よろしく」

「いもうとご……？　え、なに？　エリザベス女王……？」

狐につままれたような顔で握手を交わす妹。しかも握手した後の自分の手を信じられないような目で見つめていたりする。

「ちょっと……あんまり人の妹をたぶらかさないでよね」

「君も見ていただろう。私は挨拶をしただけだぞ」

「あはは、ちょっと刺激が強かったみたいだね……。でもわかるなあ、私も真唯ちゃんに初めて会ったとき、びっくりしたもん。顔ちっちゃすぎて、頭蓋骨ないかと思った」

わたしたち三人がいつもみたいな会話をしていると、妹はバッと顔を上げて。

「お、お姉ちゃんのお友達なんですか!?」

「ああ、いつも仲良くさせてもらっている。ありがとう」

「えええ……？　えええええ～～～～……？」

すっごい顔で二度見された。

おいおいキョロキョロするな。カメラは仕掛けられてないぞ。ていうか、この真唯がわたしに告白してきたの、誰よりもわたしがどっきりを疑ったんだからな！

てか、どうするの、この状況。

妹はこの部屋から出ていこうとしないし、右手には天使のような美少女である紫陽花さんが、そして左手にはゴージャスな美女のスパダリ真唯がいるわけで。

ふたりに挟まれていると、謎の幻聴が聞こえてくる。

紫陽花さんからは（私とのデートなのに、なんで真唯ちゃんが来たの？）という責めるような声。かたや真唯からは（浮気をするような女には仕置きをしなければならないな）という冷徹な響き。

なんでわたしが二股かけた悪い女みたいになっているの!?　友達ですけど!?

わたしは内心頭を抱えながら、破れかぶれで妹に声をかける。

「だったら、妹も一緒にゲームする!?　しよっか！」

「え!?　やりますぅ！」

妹のこんなに華やいだよそ行きの声、初めて聞いた。

そんなこんなで、紫陽花さんと真唯、わたしと妹、四人でゲームをすることになった。

目撃者が多ければ、押しかけてきた真唯もおかしな真似はしないだろう……。日中の人狼かなにかか？

四人プレイ用のゲームに切り替えて、ドッタンバッタンと大乱闘。あー楽しい……。頭空っぽになれるね……。つか、真唯強くない？　初めてやったくせに……え、なんだこいつ！　ぜったい倒す！

夢中になって遊んでいると、スマホで時刻を確認した紫陽花さんが「あっ」と声をあげた。

「ごめん、もうこんな時間だ。きょう弟の習い事で、お迎えに行かなきゃいけなくて。私、先に帰るね。みんなは遊んでてー」

ごめんねのポーズをして立ち上がる紫陽花さんに、わたしも腰を浮かせながら。

「だったらわたし、駅まで送るよ――」

そう言ったわたしの手首を、妹がヒシと摑んでいた。

目がすごい訴えてきてる。『あたしと真唯さんをふたりきりにしないで』と。

わかるけども！

「ね、ね、王塚さんもついでに駅まで送ってあげようか？」

引きつった笑みとともに尋ねれば、真唯は素知らぬ顔。

「ああ、すまない。迎えの時間を指定してしまってね。あと一時間半はいさせてもらっても構わないか？」

か、勝手にあんた！

わたしがなにかを言うよりも早く、妹が敬礼していた。

「どうぞ！　あっ、えと、あたしが紫陽花先輩を送ってきますから！」

お前ー！

「さ、さ、行きましょう、紫陽花先輩」

「あれ、いいの？　妹ちゃん」

「はい、あたしがもうちょっと紫陽花先輩とお喋りしてみたいんで……」

「あはは、なにそれ、嬉しい。だったら甘えちゃおっかな。それじゃ、れなちゃん、きょうはお邪魔しました。とっても楽しかったよ。真唯ちゃんもまた学校でね」

紫陽花さんが連れ去られてゆく……。わたしの、わたしの紫陽花さんがぁ……。

妹は去り際、開けたドアから顔をひょっこり出して。

「あ、あの、王塚先輩も、またあとで！」

「ああ。また後で」

バタン。

無情にドアが閉じられた。

しーん……と耳に痛い沈黙が訪れる。

「さ、ゲームの続き続き……。よーし、真唯ー、負けないぞー……」

コントローラーに手を伸ばそうとした途端、後ろから抱きしめられた。

「ひぎゃあ！」

「なんて声をあげるんだ君は」

「行動が早いんだよ！　この狼！　人狼！　吊るされろー！」

「君のために、一日早く帰ってきたというのに」

「自分のためでしょ！」

真唯の手が一瞬固まった。

「……そうだな、その通りだ。君のためと言いながらも、私が今しているのは、私のための行動だ。君には、私の浅ましさもすっかり見抜かれてしまっているな」

耳のすぐ後ろでため息をつくから、息がかかって、ひゃんとなってしまう。

「今さら、取り繕(つくろ)ってもしょうがないか」

「え」

真唯がわたしの頬に手を当てて、ぐいと引き寄せてくる。

そのまま、通り雨のようにキスをされてしまった。

一気に、心が奪われる。全身が真唯でいっぱいになる。

思わず、わたしはどんっと真唯を突き飛ばした。

「ちょ、ちょっと……やめてよ」

唇に手の甲を当てて、真唯を睨みつける。

お母さんもお父さんもまだ帰ってきていない。紫陽花さんを送った妹も、しばらくは戻らない。わたしは今、家に真唯とふたりっきりだ。

真唯はまるで戯曲の登場人物みたいに胸に手を当てながら、顔を伏せた。

「私は今、嫉妬に身を焦がしている。紫陽花にこんな気持ちを抱いてしまうとはな。確かに君の言った通り、人を好きになるのは美しいことばかりではないのかもしれない……」

「嫉妬ってそんな……な、なんで、わたしなんかに……」

「だが、君が私の好きな相手なのだ」

手首を摑まれる。真唯のすがりつくような目に、頭がくらくらしそう。

「ぜんぜん、意味わかんない……わたしよりもっともっといい子なんていくらでもいるでしょ。それなら、紫陽花さんとかだって」

両手を広げた真唯が、わたしをふわりと優しく抱きしめた。

「好きだよ、れな子」

「ちょ、ちょっと……やだ、真唯ってば……」

ここで初めて真唯にぎゅっとされたのは、せいぜい三週間前ぐらいの出来事で、あの日以来わたしはずっと真唯のことをヘンな目で見ちゃってる。

「柔らかくて、いい匂いがする。れな子の匂いだ」

「ばか、恥ずかしい、っての……！」

紫陽花さんに手を握られたときと、ぜんぜん違う。もっとダイレクトに、真唯の感情が伝わってくる。

またこの感じだ。好きで好きでたまらないという想いがなだれ込んでくる。

「あ、あのね、真唯……わたしは真唯のこと、友達として……」

愛の濁流に飲み込まれて、息もできなくなりそうな。

「だけど、今は恋人同士だ。お互いがそう決めたルールの上でね」

真唯の唇が耳を這う。

ぬるりとした感触！　背筋がびくんってなる！

「ひうっ……」

「付き合ったり、結婚したりするのと、同じようにさ。当人同士が合意したんだ。誰はばかることもない」

「わ、わたしがいやだって言ってるのに……」

いつもどおり、人のきもちを勝手に決めつけやがって、こいつ……。

背中をばしばしと叩いてやろうとするけど、手に力が入らなくて、まるで撫でさすって『もっともっと』とせがんでいるみたいになってしまった。

違う、違うからね！

「君のすべてを私のモノにしたいんだ、れな子」

「わ、わたしは、わたしのものだし……！」

　耳から首筋、さらに鎖骨辺りへと、真唯の唇が下がってゆく。

　足の裏を触れるか触れないかという距離でくすぐられているみたいに、わたしの体は反応しっぱなしだ。

「真唯、それ、こそばゆいって……」

「甘いよ、れな子の肌」

「な、なんで舐めてるの!?　なんでそういうことするの!?」

　真唯は応えず、さらに制服のワイシャツのボタンをぷちぷちと外してくる。

「えっ、き、着替え!?　家に帰ってきたのに制服着てるのおかしいって!?　わかった、だったら自分で着替えるから、大丈夫だから！」

「れな子」

　リボンを残したまま、ワイシャツを脱がされる。インナーをめくり上げると、その下には当たり前だけど下着。マリンブルーのブラがあらわになった。

「ちょ、ちょっと、真唯ぃ……」

「愛しているよ」

　どこまでも落ち着き払った真唯の瞳は、星の輝きを集めた夜空のようで、その美しさに思わず息を呑んでしまう。

その場に、カーペットの上に押し倒されたわたしを、真唯が見下ろしてくる。垂れ下がった金色の髪は、天蓋（てんがい）つきのベッドを飾るレースみたいにキラキラしていた。

「真唯……」

わたしのお腹（なか）の上にのしかかっているはずなのに、真唯の体重はぜんぜん感じなかった。彼女はまるで羽みたいに軽くて、実在の人間じゃないみたい。

下から見上げて思う。

ほんっとにきれいな女の子……。

このまま真唯にめちゃくちゃにされても、きっと他の人にはいくらでも自慢できる経験になっちゃうだろう……。だって相手は、王塚真唯なんだから。

「脱がすよ」

「だめ、だめだって……」

真唯の白い指が、わたしの胸の谷間に滑り込む。

「わたしは、まだ、真唯とこんな」

「ずっとしたかったんだよ、私は」

「知ってるよ……リストにも書いてましたもんね……！」

欲望の展覧会場は、わたしのカラダの上だった。

いや、そんなこと言っている場合じゃない。

すすすと、もう片方の手は、スカートの下へと伸びてきた。ひえっ。

「なんでそんな、触りたいの……女子同士でしょ……」

「わからない」

真唯は熱に浮かされたような目で、わたしをじっと見つめている。

「ただ今は、れな子の体温を感じていたい」

手が頬に添えられる。その感触自体は嫌いじゃない。

人肌に触れるのは心地いい。でも、それを求めてしまうようになると、わたしはきっと真唯と友達のままじゃいられなくなると思うから。

げしっ、と真唯を足で押し返す。

「……やだ」

「れな子の足、柔らかくて、すばらしい肉づきの手触りだ」

「ふ、太っているって言いたいの!? そりゃ、真唯みたいに細くないですけど！」

「それもれな子のものなら、愛おしい」

「さっきから、そんなに簡単に好きとか、愛してるとか……」

「私はいつだって本気だぞ」

そういえばプロポーズも弾みでされたんだった。

なんてことを思っていると、真剣に。

「私は君と、本当の恋人になりたいんだ」

今度は顔と顔を突き合わせての発言だったから、もちろんダメージはでかかった。

……真唯はいいやつだ。

このまま流されて、真唯の好きにさせれば、わたしは変われるんだろうか。

なりたかった自分に、なれるのかな。

でもそれは立場が変わっただけで――結局、わたしが自分の力で変わったことにはならない気がする。

だからわたしはやっぱり、真唯の手を取れずに、首を横に振った。

「……ごめん、まだ、わたしは」

六月末まで、残り一週間とちょっと。わたしは真剣に考えて、ちゃんと自分のことを決めたかった。そのことはきっと、真唯もわかってくれるだろう。

「ねえ、真唯…………真唯？」

なぜなら真唯は、わたしの親友なんだから――。

「あの」

ん？　どこを見て。

真唯はめくれ上がったわたしのスカートの中のショーツを凝視（ぎょうし）していた。

「れな子！」

「えっ、ちょっ、ちょっ!?」

　がばっとのしかかられた。

「うそでしょ!?」

「愛している！」

「裸見たじゃん！　なんで今さらパンツぐらいで発情して！」

「なにを言っているんだ！　これが他の誰かなら私だって『慎みなさい』ぐらい言うさ。そう、懸想する君の下着だから特別なんだよ」

「なにいいこと風に言ってんの!?　キモい！　学園のスパダリ、キモい！」

　すっかりと組み敷かれて、真唯はショーツに手をかけてきたりしている！

「大丈夫だ、れな子、優しくする……そう、きょうはふたりの大切な記念日だ……。ふふ、愛しているよ、れな子……」

「やーだー！」

　真唯はぐるぐる目になっていて、もはやぜんぜんわたしの話を聞き入れてくれない。このまじゃ貞操は真唯に奪われてしまう。女子同士でどうやって奪うのかわかんないけど！

「ちょ、ちょっ、スカートの中に頭突っ込まないで!?　脚、開かせないで！　ショーツ脱がさないで!?」

「あいしてるよ」

「このタイミングで言うな！　てか、今、どこ触ろうとして!?　ひ、ひいっ！　そこは、ムリ、ムリムリ！　ほんきでムリだから！　ひゃあっ!?　やめてばかー！」

そのときだ。

ガチャリとドアが開いた。

「真唯さん、お姉ちゃん、ただいま！」

能天気な顔をした妹が現れた。

ショーツを膝に引っかけたまま、涙目で押し倒されているわたし。スカートの中に顔を潜り込ませている真唯。そして、笑顔で立ちすくむ妹。

三者の視界が絡み合って。

「……」

バタンとドアが閉まった。

真唯がゆっくりと身を起こす。

ごほんと咳払い。

「すまない、れな子、私は少し夢中になって――」

反射的に手が出てしまう。

乾いた音が鳴る。

わたしは真唯の頬を引っ叩いていた。

「最悪！　バカ！　見られちゃったじゃん！　だから言ったのに！　バカ、バカ！」

「……」

「恋人なんて、やっぱり、最悪！　出てって！」

真唯は叩かれた頬を押さえたまま、視線を揺らす。

彼女は立ち上がって一言「ああ。すまなかった」とだけつぶやいた。


と、そんな風に真唯を追い返したものの……。

「最悪…………」

ひとりになったわたしは、ベッドの上に体育座りして、落ち込んでいた。

「わたしがもっとちゃんと拒めばよかったのに……」

それができなかったのは、友達関係を失うのがこわいとか、そういう理由じゃない。

紫陽花さんといるときには、ずっと真唯の顔が浮かんでいたのに、あいつに迫られると、紫陽花さんなんてちっとも出てきやしなかった。

ほんの一瞬でも、このまま流されてもいいか、なんて気分にされてしまったのだ。

わたし、もしかしたら真唯のことを好……じゃなくて、えと、その……。

「き、気にかかっているのかもしれない……」

トントンとノックされる。

「お姉ちゃん」

「う………」

ドアの向こうからは妹の声。わたしの危機はまだ去っていなかった！

襲われている最中を、しかも同性としているところを見られた姉が、妹になにを言えばいいのか……。

とりあえずお布団さんを頭からすっぽりとかぶる。結局、最後に残ったわたしのお友達はこの子だけ……お布団さん……。今は妹の顔、見たくないよ……。

ドアが開く音がした。

「あのー……」

「姉はおりませんので……御用の方は、発信音のあとにメッセージをどうぞ……」

意味のない居留守を決め込んでいると、時速一六〇キロで投げ込まれる鉄球みたいなストレートが飛んできた。

「お姉ちゃんって、真唯さんとそういう関係なの？」

吐くかと思った。

完全に見られた以上、もう否定のしようがないのでは……？

おしまいだ。

「そうだね……。見てのとおりだよ」

「そうなんだ……」

なぜ人間には感情があるのだろう。なぜわたしは人間として生まれてきてしまったのだろう……。そんなことを思っていると、だ。

妹が感嘆のため息をついた。

「すごい……えっ、すごすぎじゃん！」

「……え？」

毛布からちらりと片目だけ出す。すると、妹はキラキラと顔を輝かせていた。

「あの真唯さんと……？　どうやったの、お姉ちゃん!?」

なんだこの目。この顔。

「え、えと……なんか、惚れられて……」

「お姉ちゃんに!?　なんで!?」

「わたしが聞きたい」

これは、ひょっとして……尊敬の念？　これが、尊敬？

あのめちゃくちゃ生意気な妹が、わたしを崇(あが)めている……？

「すごい……。お姉ちゃんなんて、どうせろくでもない男に騙(だま)されて、ひどいお義兄(にい)さんができるんだろうなって思ってたのに……。真唯さんがお義姉(ねえ)さんになるとか逆転ホームランじゃん……！」

また一言多い。

いや、そんな期待に満ちた顔でじっと見られても……。

お姉ちゃんと真唯は、結婚しないよ……？

夕食後、妹の追及の手から身をかわすために、わたしはお風呂に逃げ込んでいた。

ようやくひとりになれて、ホッと息をつく……けれど、心は休まらない。わたしの中に、真唯の悲しげな表情が刻み込まれていたから。

勢いに任せて引っ叩いてしまった……。

いや、あれぐらいやってもよかったとは思う。思うけど、友達に手を上げてしまったことに関しては、胸が痛む。

……それになによりも、叩かれたときの真唯の顔が、ひとりぼっちにされた小さな女の子みたいに寂しそうだったんだよね……。

はあ、なんか……罪悪感。

真唯はわたしにわざわざ会いに来てくれたっていうのに、あんな別れ方になっちゃってさ。

そりゃ真唯だって調子に乗りすぎだし、怒られる前にやめろって話だけど……。

ああもう、考えがまとまらない。ただでさえ対人能力低いのに。

「とりあえず……謝ったほうがいい、よなあ……」

お風呂を出たら、スマホでメッセージを……。

いや、電話で……。

……首を振る。

「……直接、言お……」

大きなため息。それもこれも全部、恋人だからこその悩みだ。

嫉妬したり、されたりさ。誰かと比べて自信を失ったり。寂しくて会いたくなっちゃったり。

拒んだのに嫌われたくなかったり。

ほんと、恋人ってめんどくさい。

「……真唯」

一言つぶやく。胸がちくりとする。

「真唯め」

すべてはあいつが告白してきたせいだ。それでぜんぶがおかしくなった。

屋上で友達のままいられたら、ずっと平和だった。

なのに、わたしは女の子相手にドキドキする人間に作り変えられて、友達付き合いに支障をきたすほど。

一発ビンタしたぐらい、安いもんだと思えてきた。

「真唯のやつ、ほんと……」

いい加減認めてしまえと胸の内がうめく。わたしは断固首を振る。

「とにかく、叩いたのはわたしが悪かった。でも、それだけだし」

だから、自分から言うはずなんてない。

恋人にも、いいところはあるかもしれないけど。

自分はもしかしたら、あなたのことが気になっているかもしれない、なんて。

言えるわけない。

「……はあ、ほんと」

胸に手を当てる。

「真唯……わたしはぜったいにあんたと、友達になるんだから……」

唇を撫でる。

そこにはまだ、真唯の想いがこびりついている気がした。

第四章　真唯なんて、やっぱりムリムリ！（※ムリじゃなかった）

月曜日は朝から曇っていて、胸の中がどっしりと重くなるような始まりだった。

六月最後の週だけど、真唯と顔を合わせづらいから、なおさら憂鬱だ……。

……あんなことの後だし。

洗面所で顔を洗いながら、体に触れた真唯の指の感触と、その横顔を引っ叩いた手のひらの痛みを思い出す。

くそう、謝るんだぞ、わたし。

いくら真唯が原因でも、手を上げるのはダメ。しかも真唯はモデルだし、その顔だって商売道具なんだから。

体を好き放題にされそうになったのに謝るなんて、めちゃくちゃ屈辱だけどさあ……！

せめて戦闘モードとして、たくさんもらった試供品を使ってふだんより入念にメイクを整えた。髪もきれいにして、学校へ向かう。

けど、そんなに気合いを入れたのに、真唯は朝からいなくて、わたしは拍子抜けした気分になってしまった。

……まだ、お仕事が忙しいのかな。

昼休み、いつものメンバーで机を並べてのごはん。わたしは、心ここにあらずといった調子で菓子パンをかじる。

手作りのお弁当を広げた紫陽花さんを見るのも、ちょっとドキドキしちゃうんだよな……。紫陽花さんが帰った後すぐに、真唯とくんずほぐれつしたもんだから……。

紗月さんはいつもより口数が少なかったけど、そのエネルギーを吸い取ったみたいに香穂ちゃんが元気だった。

「香穂ちゃんはなにかいいことあった感じ？」

「へへへ、紫陽花ちゃんわかる？　きょうね、放課後ねえ。ふふふ」

「あ、なんだか恋バナの匂いするなあー」

「今はまだナイショ！」

ふたりのやり取りに、つい自分たちを重ねてしまう。

こんな風に、仲いい関係に戻れるのかな、真唯と。

……わからないけど、でもわたしは前みたいな仲に戻りたい。

前って、どの状態？　グループの友達？　親友？　それとも……？

ていうか、こんなに頭がぐちゃぐちゃの状態で、ちゃんと謝れるんだろうか……。

なにからなにまで不安だ。わたしはわたしの人間力に自信がないから！

そんなことを悩んでいる最中だった。

「ねえ、甘織（あまおり）」

ひとりになったタイミングで、紗月さんに声をかけられた。

「放課後、ちょっと付き合ってくれない？」

え、珍しい。

きょうはちょっと遊びに行く気分じゃなかったけど……でも、誘われたらわたしは断れないからな……。

胃がキリキリと痛む。

だけど、紗月さんはとてもじゃないけど、友人を遊びに誘うような目をしていなかった。まるで感情のない、ビー玉みたいな瞳だ。

「王塚（おうづか）真唯について話があるから」

「え？」

紗月さんはミステリアスな態度を崩さぬまま、わたしの心に黒いシミをつけた。

「放課後、屋上でね」

それはわたしたちだけのヒミツのはずなのに。

え…………紗月さん、なにを知っているの!?

屋上の鍵はかかっていなかった。わたしと真唯しか鍵を持っていないはずなのに……。

緊張しつつ、ゆっくりとドアノブを回す。

恐る恐る屋上を覗(のぞ)き込むと、出迎えてくれたのはどんよりとした曇り空だけ。

……まだ来てないのかな?

「知ってた? ここの鍵って昔ながらの鍵でしょ? だから、合鍵作り放題なのよ」

どこからか声がして、屋上を見回す。

すると、給水塔の陰から紗月さんがゆらりと顔を出した。長い黒髪とどこか厭世的(えんせいてき)な眼差(まなざ)しは魔女めいた雰囲気があって、闇の中から現れたようだった。

「なんで隠れて……」

「あなたとふたりでいるところを見られて、誤解されたくないから」

「なんの誤解ですか」

「……知らないけど」

紗月さんはぶっきらぼうに言葉を放り投げた。

普段はまだ社交的に会話してくれてるのに、今の紗月さんの態度はどう見ても友達にするそれじゃない気がする……。

え、わたし紗月さんに嫌われてる? わたしシメられる?

震えてきた。

「て、ていうか、なんでここを指定したんですか？」

意図が見えなさすぎて、思わず及び腰の敬語になってしまう。

紗月さんは興味なさそうに、低いフェンスに向かって歩いていく。

「自殺未遂（みすい）」

その言葉にびくっとした。

「友達恋人の勝負」

「あの」

「プールのカフェ、オダイバープラザ、ホテルで雨宿り」

「なんで知っているんですか!?」

まさか千里眼（せんりがん）？　紗月さんは本当に魔女だった？

紗月さんがふっと笑いながら振り返ってくる。長い髪が風に揺れるその姿が一瞬、屋上に立っていた真唯を思い出させた。

こうしてふたりっきりでいると、なおさら実感する。紗月さんは、真唯の隣に立ってもなにも見劣りしないほどにきれいな人だな、って。

「さあ、どうしてだと思う？」

触れたら指が切れちゃう刃物のような鮮烈な美貌を前に、わたしはのけぞる。

「も、もしかして、わたしのストーカー……!?」

「あなた、あいつの自己評価の高さが伝染(うつ)ってない？　大丈夫？」

「じゃあ、王塚さんのストーカー？」

紗月さんは人生に絶望したようなため息をついた。

「昨日、王塚真唯がうちにやってきて、全部喋(しゃべ)ったわ」

「ぜんぶ!?」

「泣きながらね」

「泣きながら!?」

真唯って泣くんだ……。

「泣くのよ、あいつ。私の前だけでしか見せないけど」

紗月さんがわたしの心を読んだみたいな発言をした。こわい。

「おかげできょうの私は寝不足なの……。あいつのせいで……」

紗月さんの目が据(す)わっていて、殺意みたいなオーラが見え隠れする。反射的に謝りそうになるけど、ここで謝ったら火に油を注ぐような気が……。

「えと……あの人は、なんでそんなこと」

「誰かに聞いてほしかったんでしょうね。つつけば割れそうなほどに弱ってたもの」

「どうして……」

とつぶやいてから、ふと気づく。

え、ていうかちょっと待って。

「ぜんぶって……その、ぜんぶ、ですか？」

「そう言ってるでしょ」

血の気が引いた。

真唯がしてきたえろいことも、紗月さんはぜんぶ聞いたってこと？

うそでしょ。

さすがの紗月さんも、気まずそうに目を逸らしていた。

「……べ、別に、気にしなくていいわよ。あなたがどんな趣味でも、それは個人の自由だし。女同士だからって、私はそういう偏見とかないから」

「そういう問題では！　ていうか違うんです！　わたしは、その、拒み切れなくて……」

「そうなんでしょうね」

「え？」

「言ってたわ。あいつ、自分があなたを傷つけてしまった、って」

「……真唯」

下の名前をつぶやくと、紗月さんはぴくりと眉を上げてわたしを見た。

けど、それからまた、ため息。

「好きでもない女に迫られるのは、きっと怖かったんだろう、って。自分はずっと思い上がっていた、って言ってたわ。人類みんなが自分のことを好きだと信じていた……って。それはバカじゃないの？　って思ったけど」

「……」

傷ついた真唯の独白を聞いて、胸が痛んだ。

わたしが素直に好意を示さなかったから。

だから真唯を傷つけてしまった。

「私は王塚真唯の言葉を聞きながら、ずっと疑問だったわ」

一拍置いて、紗月さんが目を細めて告げてくる。

「なんで甘織？　って」

風が吹き抜けた。分厚い雲がゆっくりと流れてゆき、夕日が差し込む。

紗月さんは、組んだ腕に肘を立てて頬に当て、わたしをじとりと見つめる。

ずっと自分でも思っていたけど、改めて人からそう言われると胸に刺さる。

紗月さんの瞳は、人の本性を白日のもとに晒す鏡みたいだった。

「甘織は地味だし、いっつも人の顔色を窺ってるし、成績も運動神経も顔もスタイルも凡庸。家柄や生まれ持ったものが特別優れているわけでもない」

めちゃくちゃハッキリ言われた。

きっと紗月さんは今までずっと、そう思っていたんだろうな。真唯と一緒のグループだから相手をしててあげているけれど、あなたを認めているわけではないのよ、って。

「うん」

けど、むしろ清々（すがすが）しかった。

「わかる」

そりゃそうだよね。

真唯や紫陽花さんが優しいのであって、紗月さんが普通だよね。だってわたし、最初っからずっと場違いだったんだもん。

うなずくと、紗月さんはそれすらも嫌そうに眉をしかめて。

「あいつなら、他にもっといい相手はいるし、選び放題。芸能人の知り合いだってよりどりみどり。クラスメイトの女子ですら、瀬名（せな）紫陽花とか」

「紗月さんとか？」

「……そこで私の名前を出すところとか」

「えっ、ごめん」

地雷を踏みつけてしまったようだ。

紗月さんが一歩近づいてくる。

強い言葉が針みたいに、私の首筋に突きつけられる。

「私はね。あいつのことは、あいつがどう思っているかは知らないけど、友達だと思ってるし、尊敬もしてる。誰よりも近くで見てきたし、あいつは意外と努力もしてるのよ」

「……」

「だから、あいつがつまんないやつと付き合ったら、がっかりするし、『なんで?』って聞きたい。だから聞いたわ。なんで甘織がいいの? って。そうしたら」

なんとなく、そのときに真唯がなんて言ったか、わかった気がした。

彼女はきっと、春風みたいに優しく微笑みながら、答えたんだろう。

「『運命を感じたから』だって」

真唯は言ってた。出会うのが運命じゃなくて、出会ったことが運命だった、って。

目の前で仁王立ちする紗月さんは、相変わらずすごいプレッシャーだったけど。

それでもわたしは言いたいことがあった。

「実際、わたしもそう思ってたよ。真唯がわたしとなんて、絶対に釣り合わないって」

いともたやすく。

「でしょうね」

紗月さんはうなずいた。

その手応え(てごた)のなさに、思わず声をあげちゃう。

「えっ?」

「バカじゃないんだから、そんなの一緒にいたらわかるわよ。甘織は身の丈をわきまえているっていうか、カメみたいに縮こまっているんだから。誰も取って食べたりしないのに」

実際、今取って食われそうなんですが、とは言えずに。

怯えながら、問う。

「あの、紗月さんはやっぱり気に入らない？　わたしと真唯が一緒にいるのって」

「……なによ、やっぱりって」

すると、呆れた顔をされた。

なにか間違えた!?

「私の気持ちなんて関係ないでしょ。人の恋路に首を突っ込むほど暇じゃないし。けど、王塚真唯は連れ歩きがいがあるでしょうから、いい加減な気持ちで付き合ってあいつを傷つけようっていうなら、さすがに腹立つけど」

ただ、と紗月さんは続けた。

「甘織はそういうことできないでしょ。器用な性格じゃないし」

「紗月さん、わたしのことよくわかってる……」

趣味、人間観察とか言いだすタイプだった……？

「言いださないわ」

「なんでわかるの!?　こわい！」

でも、わたしもちょっとずつ紗月さんのことがわかってきた気がする。

紗月さんって美人だし背も高いし、表情が固いから、一見近寄りがたそうではあるんだけど
……それにしては、なんか構ってくれてるし。

「……ひょっとして紗月さん、怒っているわけじゃないの？」

「ムカついているわ。くっだらない恋バナで睡眠時間と勉強の時間を削られて」

「これ、その鬱憤晴らしだったりする？」

「半分はね。わかってきたじゃない」

どういう気持ちで立っていればいいのかも、ようやくわかってきた。

別に、今ここで屋上から突き落とされるかもしれない、とかじゃなかった。

友達のグチに付き合うような、そんな態度でいい……のかな。

そっか、だったら……紗月さんにも、聞いてみたい。

「でもさ、わたしわかんないんだ。真唯とどうなりたいのかとか、真唯をどうしたいのかとか
……わかんないから、結局はいい加減な気持ちで真唯を傷つけちゃってたのかもしれなくて」

「自分のことでしょ。バカじゃないの……って、言いたいところだけど」

紗月さんが痛いところを突かれたみたいに、視線を逸らした。

「……わかるわよ、自分のことでもわからないことがあるって」

「紗月さんにもあるの？」

「あるでしょそりゃ。まだ高校一年生なんだから」

客観的なご意見だった……。

「紗月さんってビシッとしているから、指先から、髪の毛一本の動きまで、なにもかも自分の支配下にあると思っていた……」

「それが理想ではあるけど、私も人間だから。王塚真唯じゃないから」

「真唯も人間だよね!?」

「いや、あいつは種族：王塚真唯だから」

それ、聞き覚えある……。前にわたしも考えたような気がする……。

厳しい顔をした紗月さんが、急に身近に思えてきた。こと対真唯に限っては、わたしと紗月さんは同じようなことを感じているのかもしれない。わたしは凡人だけど、紗月さんは凡人最強の友人、みたいなポジションで……。

そして、紗月さんが『自分は真唯の友達だ』って言うなら、きっと敵じゃないんだ。

それなら。

「あのさ、紗月さん。やっぱりごめん」

「それ、なにに対しての謝罪なの？」

「紗月さんが大事に想っている友達を、傷つけちゃって」

「む……」

顔をしかめる紗月さんだけど、それはさっきまでの不機嫌さとは違っていて、なんとなく照れ隠しのような気がした。

「わたし、真唯にも謝らないと。叩いちゃってごめんって。許してくれるかわかんないけど……でも、そうして、ちゃんと仲直りしたいんだ」

「……そう」

「だから紗月さん、真唯の居場所を知っているなら、教えてもらえないかな」

紗月さんは屋上に吹く風に髪を押さえる。

曇り空の下、魔女みたいな印象の女性はもういなくて、そこに立っているのは間違いなく、わたしが二ヶ月一緒にいた友達想いの紗月さんだった。

「甘織、なんか変わったわね」

「そ、そう？」

「前はもっと、自分を卑下してたでしょ。別にそれが嫌だったわけじゃないけど……今、ちょっと真唯に似てきてる。自分がそうしたいからってグイグイくるとこ」

「え、やだな⁉」

素で叫んでしまった。

紗月さんはそこで初めて笑みを見せた。人がおたおたしているのを見て喜ぶような、底意地の悪い笑顔だ。

「安心して。甘織はグループでいるときは、いつも通り空気だから。ふたりだとこんなに喋るなんて思わなかった。きょうだって私が一方的に話して、甘織が泣いて、仕方ないけどグループが崩壊して終わりって思ってたから」

「そうなんだ……」

　ていうか、そんな悲壮な決意を背負ってわたしを呼び出したんだ……。

うん？　でもそれってようするに、真唯を傷つけたわたしに釘を刺したかったってことだよね？

　真唯が悲しんでいたから、その原因を作ったわたしの真意を問いただして、気に食わなかったら懲らしめてやるか、って思ってたってことじゃない？

「えっ、紗月さん、真唯のことめっちゃ好きじゃん！」

「………」

「ごめんなさい」

　なんか謝らないといけない雰囲気を感じて、頭を下げてしまった。

「あいつがどこにいるのかは知らないけど、なにをしようとしているのかは知ってるわ」

「それって」

　紗月さんはしばらく口ごもっていた。

　よっぽど言いづらいことなんだろうか。

「あいつはね」

地獄の門みたいに、重い口を開く。

「一通り話し終わった後、私に『抱いてくれ』って頼み込んできたの」


…………。


「え!?」

「うん……」

うんではなくて。

「『自分はれな子を傷つけた。好きでもない相手に抱かれる気持ちを知りたい。だから紗月、好きでもなんでもない君が私を抱いてくれ。だって君、私のことが好きだろう?』」

恐らく真唯に言われたであろう一言一句を暗誦してみせる紗月さん。

「それで……」

「今まで何度もあんたにコケにされてきたけど、これほどバカにされるのは初めてだわ、って言って、家から叩き出したのが今朝の五時半のことよ」

聞きたい。紗月さん、ほんとは真唯のことどう思っているのか……すっごい聞きたい……。でも聞いたら最後、それこそ屋上から突き落とされてしまいそうな気配がある……。真唯がいない今、今度は木に引っかかる保証はない。命とは引き換えにはできない……。

「おつかれさまです……」

思わず労ってしまった。

あと、真唯が紗月さんに抱かれなかったことに、めちゃくちゃホッとしているのもなんでだろう！　わかんない！

「実際、身も心もボロボロになるほどに貪って、傷つけてやれば、私の溜飲も下がったのかしら……。ねえ、どう思う甘織」

「わたしに聞かれても……」

「自分のことは自分でもよくわからないものよね……」

「そうですね……」

いや共感してる場合じゃない。

「ってことはもしかして、真唯は」

「そうね。それこそ、『自分を抱いてくれる誰か』を捜しているんじゃない？」

「そんなのって……」

愕然とした。だったら真唯は今頃、どこかの誰かの腕の中かもしれないんだ。

「な、なんで止めてくれなかったんですか、紗月さん!?」

紗月さんの手を摑む。

「あのバカがそこまでバカだったら、もう手の施しようがないってだけの話でしょ」

彼女はびっくりしてわたしを見返しながら、摑まれた手を振り払ってくる。

あれ……紗月さん、今、手が震えてた？

「てか、友達の忠告も聞かないぐらい自分勝手なら、一度どん底まで落ちてみればいいのよ。

……電話も繫がらないし、メッセージには返信ないし」

そう言った紗月さんの張り詰めたような横顔を見て、わたしは口をつぐんだ。

紗月さんもきっと、止められなかったことを後悔しているんだ。

わたしを呼び出した半分は鬱憤晴らし。じゃあもう半分は。

……真唯を止めてほしいっていう、お願い？

「わかった」

自分の気持ちは自分でもわからない。

本当にそうなのかもしれない。だったら。

「紗月さん、わたしがわたしの都合で真唯を止めに行くのは、わたしの勝手だよね」

「……そうね、それはあなたの勝手だわ。でも、いいの？　あなたは、あいつに傷つけられたんじゃないの？」

「それは、まあ、うん」

自室で襲われた上に、妹に目撃されることになるとは、まじで思わなかったけど……。

でも。

わたしの答えは、単純だ。

「友達だもん。傷つけたり、傷つけられたりも、するでしょ」

それがわたしの、理想の親友像なんだからさ。

笑って言ったわたしの言葉に、紗月さんは怒りも笑いもせず、目を閉じる。

「あいつは自分勝手で、誰の話も聞きやしないわよ」

かもしれない。わたしだってさんざん無理矢理キスされたし。

だから。

「――そのときは、もう一度引っ叩いて止めてやるから」

紗月さんは目を丸くした。

「なるほど……それなら、大丈夫かもね」

出ていこうとするわたしに「甘織」と声が届く。

「どこに行ったか知らないけど、あのバカのこと、よろしくね。あいつは、あいつ自身が思ってるほど、立派な女じゃないって教えてあげて」

「うん」

わたしは笑って、ピースした。

「必ず、伝えておくね！　ありがと！」

わたしは、走りだした。

屋上を飛び出して、階段をタッタッタッタッと駆け下りる。

はたから見ると、なんだかすごく青春みたいだ。実際は、自暴自棄になった真唯のことをとっ捕まえに行くだけだっていうのに。

でも捕獲対象が真唯なら、それは確かに一大イベントなのかもしれない。なぜなら相手は、この芦高において誰にも捕まえることのできなかった恋の女王なんだから。

とりあえず、教室に戻ってきたのはいいけれど、さて、どこへ行こうか。真唯の生息範囲なんて心当たりまったくないぞ。

「あ、れなちゃん。おかえり」

クラスには、紫陽花さんだけが残っていた。

他の人が誰もいないなんて、珍しい。

「あ、うん、ただいま。どうしたの？　紫陽花さん、居残り？」

「んー、そういうわけじゃないよ。他のみんなもすぐに帰っちゃったけど、れなちゃんの鞄が残ってたから、勝手に待ってたんだ」

「ええ……紫陽花さんが、わたしを待っていてくれた……!?」

そんなことあるの？　お誕生日でもないのに！

紫陽花さんはさらに、スクールバッグをもったまま身を寄せてきた。

「ね、きょうはどうかな？　真唯ちゃん休みみたいだし、こないだ言ってた通りうちに遊びに来る？」

「え？　いいの!?」

天使からご自宅にお招きされちゃった。これはもう、わたしと紫陽花さんは、親友になってしまったようなもの……。わたしの人生がこの瞬間、報われた……。

あの日、ＳＮＳで小学校時代の友達の近況を危機感とともに眺めていたわたしは、もはやいない……。ここにいるのは、高校デビューに成功した、完全なリア充陽キャの甘織れな子！

ラッパの音がどこかから聞こえる中、わたしはよろよろと紫陽花さんに近づいて。

――立ち止まる。真唯の沈鬱な表情があたしの後ろ髪を引く。

『ああ。すまなかった』と言ったときの真唯は、冷たいシャワーを頭から浴びたようだった。

あんな顔のまま、今もどこかで知らない誰かといるんだとしたら。

「ご、ごめん、紫陽花さん、わたし」

「あ、用事あった？」

「あの、その…………」

膝が震えてきた。紫陽花さんの表情がぽっかりと空いて、目に映らない。

そうだ、さすがに断らなきゃ。わたしは真唯を探しに行かなきゃいけないんだって。真唯を止めることができるのはわたしだけなんだって。

だけど、やばい、頭がふらつく。

男の子の誘いだって断ろうとして目眩（めまい）を起こしたぐらいだったのに、ましてや相手は大天使の紫陽花さん。この人にだけはぜったいに嫌われたくない相手。

「行きたい……けど……」

わたしは笑顔を作ったまま、静かに首を振った。

「れなちゃん？」

うう、胸が痛い。

ぜんぜん乗り越えられてないじゃん、トラウマ！

ここで今すぐうずくまって、ぶっ倒れてしまいたい。でもそれじゃあ、真唯を見つけられない。わたしは……。

なんとか顔を上げた。回る視界の中、紫陽花さんが心配そうな声をかけてくる。

「だいじょうぶ？　また、どこか具合が……」

「ううう……ごめん……。また、誘って……」

「れなちゃん泣いてる!?」

泣いてた……。気づかなかった。

でも、天使の紫陽花さんの誘惑を振り切るためには、それぐらいの覚悟が必要だった。

「そっか、れなちゃん忙しいんだね」

しょんぼりとした声に、頭がズキズキと痛む。

いや……でも、そうだ。

ここでしっかりと断れないのは、わたしが紫陽花さんを信じてないからじゃないか？

いつまでも中学時代の思い出を引きずっているのは、不安だからだ。もしかしたらハブにされるかも……なんて、ありえない。紫陽花さんはワガママで怒りん坊かもしれないけど、そんなことをするような子じゃない。

小悪魔で性格の悪い堕天使な紫陽花さんなんて、わたしの妄想なんだ！

だったら、ちゃんとわたしの気持ちも伝えないと。

わたしがどれほど、紫陽花さんと一緒に遊びたかったのかを！

真唯の行動を思い出す。あいつの好きって想いが、ちゃんとわたしに伝わったのは、うちでぎゅっと抱きしめられてからだった。

言葉じゃ、伝えられない想いを、紫陽花さんに届けるために。

涙を拭って、彼女が弟たちにそうするみたいに、わたしは紫陽花さんの手を摑んだ。

「あのね！」

「えっ、な、なに？」

紫陽花さんの手を両手で握りしめながら。

告げる。

「わたし、紫陽花さんのこと好きだから……大好きだから！」

「ええっ？」

間近にいる紫陽花さんの顔が、まるで林檎みたいに赤くなった。

「だから、ごめん……ほんと、ほんとごめん！　わたしも紫陽花さんと一緒にいたいけど！でも、きょうだけはだめなの！」

「れ、れなちゃん……？」

手を握ったまま、さらに迫る。

まるでこれが今生の別れのように。想いが伝わるように。見つめながら、訴える。

「お願い、紫陽花さん、わかって……。わたしも紫陽花さんのおうちに行きたいってこと……紫陽花さんのこと、大好きだってこと！」

「え、えええ……!?」

「ほんとは、毎日だって紫陽花さんと遊びたいよ！　紫陽花さんのこと、大好きだから！　でも、きょうは大事な用事があって……。だから、ごめん！　埋め合わせはぜったいするから！紫陽花さんは、わたしの大事な人だから！」

クラスメイトが誰も教室に残っていなくてよかった。もしいたら、こんなにも本音を吐き出すことはできなかっただろうから。

「紫陽花さんのこと、一緒のグループになってからもずっと、かわいいなって思って、こないだ遊んだのもすっごく楽しくて、紫陽花さんはわたしの天使だから、だから……これからもずっと、大好きだから！」

思いの丈を、紫陽花さんの小さな体に叩きつける。

相手のことなんてぜんぜん考慮していない身勝手な好意だって、ちゃんと人の心を動かすことができるんだって、わたしは真唯に教わったから。

紫陽花さんは目をうるませながらも、小さく、うなずいた。

「う、うん……わたしもれなちゃんのこと、好き、だよ……？」

鼻と鼻を突き合わせたほどの距離。

紫陽花さんは誰もいない教室で静かに目を閉じた。

そして、買ったばかりの夏色リップの唇が、わずかに突き出されて……。

………あれ、なにこの間。

わたしはとりあえず「あの」と声をかける。

ぱちっと紫陽花さんが目を開いた。色素の薄い肌が、耳まで真っ赤であった。

「えっ？　あっ、れ、れなちゃん？」

「いや、あの……そういうことなので」

紫陽花さんは珍しくあたふたしていた。やっぱりわたしごときに断られるのは、パニクるほどに予想外だったのか……。

いや、大丈夫。ちゃんと気持ちは伝わったって言ってくれたもの。これでハブにはされない。うん、わたしが紫陽花さんを信じなきゃ。

「なので、きょうは紗月さんか香穂ちゃんでも、誘ってもらえれば……」

「う、うん、そ、そうだね。れなちゃん忙しいんだもんね！　うん……わかったっ」

紫陽花さんの手を離すと、彼女は手鏡を取り出して、せっせと髪を直してたりする。さすがいつでもかわいくあろうとする、紫陽花さんだ。

「あ、でも香穂ちゃんもきょうは用事があるって」

「バイト？」

「じゃなくて、赤坂に行くって言ってたんだよ。高級ホテルに招待された、とか」

なんだそれ。なんで香穂ちゃんが……。

「ん……？　それって、もしかして……」

ハッと気づいて、わたしは鞄を漁る。財布の中から、勝手に真唯に作られた会員証を取り出して、その裏面を見た。

「赤坂だ！」

きっとそうだ。真唯はそこにいる。

一度だけ連れていってもらった、あのプールのあるホテルに！

「ありがと、紫陽花さん！」

「えっ？　う、うんっ」

再び手を握ると、紫陽花さんは戸惑いながらも握り返してきてくれた。

紫陽花さんは赤みがかった頬を緩めて、はにかみながら。

「ぜんぜんわかんないけど……でも、れなちゃん、がんばってね」

「うん！　がんばる！」

「終わったら……その、ちゃんとうちに、遊びに来てね？　あ、それとも、弟のいない日のほうが、よかったりする、のかな……？」

「え？」

「ううん、なんでもない！　ち、違うよね！　そういうんじゃないよね！」

両手をバタバタと振る紫陽花さんは、今すぐ抱きしめたくなっちゃうぐらいかわいかったんだけど。

わたしは断腸の思いで紫陽花さんにさよならを告げる。

「じゃあね、また明日ね！」

「うん、また明日」

お誘いを断ったのに、こんなにも胸が軽い。

それはきっと、紫陽花さんがわたしをトラウマから救ってくれたから。

やっぱり彼女は、迷える子羊を導く天使だったんだ。

なのに、取り返しのつかない失敗をしてしまった気分になるのは、なんでだろう……。千載一遇のチャンスをフイにしてしまったような……わかんないな！

くそう、真唯め！　紫陽花さんと遊べなかったのも、ぜんぶお前のせいだからな！

なにもかも！　最初からだよ！

真唯は紗月さんに『私のことが好きだろう?』と言って、抱くように迫った。

結果、紗月さんは断ったわけだけど、それなら次はきっと確実な相手を選ぶはずだ。

自分はなんとも思っていないけど、相手は自分を好きな存在。

だとしたら、香穂ちゃんは以前、真唯に告白したことがあるって紗月さんが言ってたし、まさしく真唯の相手としてはうってつけだ。

女同士っていうのと、見知った相手っていうので、ちょっとだけホッとしているわたしがいる……けど、でもそれが望まない行為だったら、やっぱぜったい止めないと。

別に手遅れになったって真唯が傷つくだけで死ぬわけじゃないんだけど……でも、やっぱ嫌だからさ！

電車の中で、さっきから真唯や香穂ちゃんに連絡を入れてはいるけど、反応はなし。

気持ちだけ焦(あせ)ったまま、わたしは赤坂のホテルへと到着した。すると――。

「は？」

ホテルのロビーには芦ケ谷(あしがや)高校の生徒がひしめいていた。

「はあ!?」

いったい何人いるんだろう。十や二十じゃきかない。一クラス分ぐらい？　こんな豪華なホテルをうろつく制服姿の男女は、修学旅行生みたいでめちゃくちゃ違和感がある。

男女比は均等じゃなくて、男子生徒のほうが遥(はる)かに多い。八対二ぐらい。学年は一年生から三年生までまんべんない。みんな手に封筒を持って、緊張した面持(おもも)ちだ。

その中に見知った顔を見つけて、指差す。

「香穂ちゃん！　いた！」

「え？　わ、れなちんまで来たの!?」

「までってなに？　ていうかこれ、なんの集まり？」

人だかりをかき分けて香穂ちゃんのもとへ行くと、びっくりされた。

「え、知らなくてこのホテルに来たとか、それどんな偶然!?」

「偶然っていうか……ちょっと、その封筒見せてもらっていい？」

香穂ちゃんから封筒を借りる。そこにあったのは。

拝啓　霖雨の候、日差しが恋しく感じられますが、
小柳香穂様にはお元気でご活躍のことと存じます。
さてこのたび私は新しい第一歩を踏み出すことにいたしました。
つきましては　皆様にこれからもより一層のご指導を賜りたく
ささやかではありますが恋活パーティーを催したいと存じます。
ご多用中　誠に恐縮ではございますが
ぜひご出席をいただきたくご案内申し上げます

敬具

六月吉日　王塚真唯

「なにこれ」

香穂ちゃんにちょいちょいと肩をつつかれた。目を向ける。

ホテルのエスカレーター前には会場案内板が設置してあり、そこには立派な毛筆でこう書かれていた。

『王塚真唯・恋人募集パーティー会場』

繰り返す。

「なに……あれ……」

「つまり、オーディションだよ！」

「恋愛リアリティ番組で、こういうの見たことある……」

つまり、ここにいる芦ケ谷の生徒全員が、真唯の恋人になるために招待された面々であるということ……？　あっ、だから教室に紫陽花さんしか残っていなかったのか！

いや、よく見れば招待状を持っているのは、生徒だけじゃない。普通にホテルの宿泊客っぽい人たちも招待状を持っている……。ああっ、あんなおじいちゃんまで!?

「なに、真唯って自分に告白した相手を全員招待しているの……？」

「どうやらそうっぽいんだよね！　マイのモテっぷりすごいよね～！」

ついつい真唯と呼んでしまったわたしには気づかず、香穂ちゃんはグッと拳を握った。

規模が頭バグってるでしょ。なんでホテルのパーティー会場を貸し切って、こんな真似してんの……。一高校生のくせに……。

けど、なるほど……確かにこれだけ人数がいれば、真唯の願いは叶うだろう……。紗月さんに断られたから、次は無差別に物量でってわけだね……。

にしても、五時半に紗月さんの家から追い出されて、その後に招待状を作って全員に送付したのか、真唯……。あいつ、ほんとなんなんだ……。

「香穂ちゃん……この光景を見ても、それでも真唯の恋人になりたいって思う……？」

芦ケ谷高校の妹系美少女は、さほど悩まず首を縦に振った。

「うん！　だってマイ、お金持ちだし芸能人だし顔がいいじゃん！」

潔いほどに欲望だった。香穂ちゃんって意外と腹黒系!?

ここに集まっているやつら、こんなのばっかりなんじゃないの!?

「香穂ちゃんごめん。楽しみにしているそのパーティー、わたしがなんとしてでも中止させてやるから……」

「えっ!?」

真唯もすでにこのホテルに到着しているのだろうか。あのスパダリを探しに歩きだそうとしたところで、香穂ちゃんに腕を摑まれた。

「なにそれ困るっていうか困るっていうか困る！」

「あっ、ちょっ」

香穂ちゃんは小さくて軽いけど、わたしと違って運動神経がいいからそれなりに筋肉もついてて力が強い。

ってていうか、ここでまさか香穂ちゃんが障害になるの!?

「香穂ちゃん、あんな案内板立てるような中身のやつがいいの!?」

「ユーモアじゃん！」

「あいつは天然だ！」

「そういうところもかわいいって思えるよ！　あの外見と性格と資産なら！」

「うぐ」

だめだ、元引きこもりの筋力じゃ、香穂ちゃんを引き剝がすことは不可能だ……。

こうなったら仕方ない。わたしの苦手なコミュ力でなんとかするしかない！

「あのね、香穂ちゃん、よく聞いて」

「やだ！　聞かない！」

「ここでオーディションするんでしょ？　恋人として選ばれるのは、その中からひとりだけ。何十人？　ていうか百人ぐらいいる中で、香穂ちゃんが選ばれる確信あるの？」

「もしかしたら全員選ばれるかもしれないよ！」

「それ一番やっちゃいけないやつでしょ!?」

二股ってレベルじゃない。

香穂ちゃんの両頬を手で挟んで、目を覗き込みながら訴える。

「いい!?　この中からひとりだけ選ばれるのと、パーティーが中止になるの、どっちがいいか真剣に考えて！」

「う、うう？」

「もしパーティーが中止になったら、当然真唯はフリーのまま。だったら同じグループに所属している香穂ちゃんのほうが、圧倒的に有利だと思わない!?」

「はっ……確かに！」

香穂ちゃんの目にキラリと星が瞬（またた）いた。

「わかってくれた!?　だよね、真唯のためにもきっとそれがいいって！」

ほっぺたから手を離すと、香穂ちゃんはわたしをじーっと見つめてくる。

「な、なに？」

「けどね、タダってわけにはいかないすね。ひとつだけ、あたしの質問に答えてくれないかな、れなちん」

「いいけど……」

香穂ちゃんは半眼になって、にやりと口元に笑みを浮かべながらわたしを値踏みするような眼差（まなざ）しを向けてくる。

「前から思ってたんだけどー」

「う」

紗月さんに言われた『なんで甘織?』の言葉が蘇る。香穂ちゃんにもグループにどうしてれなちんがいるの? って思われていたら、さすがに立ち直れないかもしれない。

けど、香穂ちゃんはわたしの顔を覗き込みながら。

尋ねてきた。

「──れなちんもさ、マイのこと好きなんでしょ!?」

「はあ!?」

その方向からの質問は、まるで予想していなかった。目を剝く。

わたしは手でバッテンを作り、ホテルのロビーに響くような声をあげる。

「まさか! こんなパーティーとか開くような女! ムリムリ!」

香穂ちゃんはわたしのその反応に満足したようだ。ひとしきり爆笑してから、肩をぽんぽんと叩いてくる。

「りょーかい! だったら、あたしとライバルってわけだね~! これから一緒にがんばろっか、れなちん!」

「なんにもわかってないんだけど!? なんで!? なんでそうなったー!?」

ぴらぴらと手を振って去っていく香穂ちゃんの後ろ姿に思い切り怒鳴る。

けど、振り返った彼女は親指を立てて、めいっぱい素敵に笑ったのだった。

な、納得いかない……！

水着の王塚真唯は、肘掛けにもたれていた。

気だるそうな表情には妙な色気があり、長い脚を組んだ姿はまさしく優美だった。結わえられた長い髪は天の川のように首筋へと流れている。

「……そろそろ開始時刻か」

カフェにかかっていた時計を見上げ、彼女は薄く開いた唇から小さなため息をつく。

「本当に、すまなかったな、れな子……。こんなことでしか罪を償う術がない私を、どうか許しておくれ」

アメジスト色の瞳はここではないなにかを見つめ、氷のような決意を秘めていた。

そこに──。

「──だったら謝りに来いよお！」

空間のハイソサエティ指数を蹴散らすような怒鳴り声が響いた。

「うお？」

真唯は顔を上げて、ようやくこちらを見た。

わたしは胸元を手で隠しながら、顔を真っ赤にしている。そう、さっきから前に立っていたっていうのに、ぜんぜん気づきやがらなかったのだ。

「……れな子？　どうしてここに？」

「あんたを探して、探して、ようやくここまで来たんだよ！」

「ていうかその格好はいったい」

「こ、これは……会員証出したら、わたしひとりだと制服姿でプールに入っちゃだめって言われたから、仕方なく！」

わたしは大胆なストライプビキニに身を包んでいた。

選んでいる時間が惜しかったからって適当に頼んだら、こんな派手なのを渡されてしまったのだ……。断じてわたしの趣味じゃないんだ……。

「なるほど、似合うな……。写真に撮っておこう……。あれ、私のスマホは？」

「知らないよバカ！　ロッカーかなんかでしょ！　めちゃくちゃ連絡したのに！」

真唯は憂い顔で微笑した。

「やはり……怒っているんだな、君は」

「そうだね!?　こんな手間かけさせてくれたからね!?」

まずい。このままじゃ、なにひとつ話が嚙み合わない。

ちょっとクールダウンしよう。真唯を見つけたからって、ついつい怒りのボルテージが天辺を越えてしまった。

他の方々からも睨まれてるし……。わたしは真唯の向かいに座る。

「紗月さんから話聞いたよ」

真唯は眉根を寄せた。

「……それは、どのあたりまでだい？」

「ぜんぶ」

「……そうか……あいつめ、意外とお喋りだな……」

それきり、真唯は黙り込んでしまった。なにか言葉を探しているようにも、取りつく島がないようにも見える。

今度はわたしがため息をつく番だ。

「……あのさ、こんなことやめなよ、真唯」

「断る」

真唯は長い脚を組み替えながら、こちらを見据えた。

わたしが苦手な真唯の、陰キャを圧倒するような強い目つきだった。

「私は君を傷つけた」

「だ、だからって、罰を受けるべきだっていうの？　当人がいいって言っているんだから、もういいじゃん……。わたしもほっぺた叩いてごめんって」

よし、よしよし。素直に謝ることができてホッとしていると、しかし当の真唯はツーンと顔をそむけている。

こ、こいつ！　子どもか！

「てか、そんな罰則みたいな気分で付き合うとか、相手にも失礼でしょ。恋愛するならさ、ちゃんと、ほんとに好きな人と付き合いなよ……」

「本当に好きな人とは、もう付き合えないんだ」

「……それは」

わたしのことだ。

真唯の声はあまりにも冷たくて、ドキリとした。

真唯に会うことさえできれば、あとはどうにでもなると考えていたのは、わたしの勝手な思い込みだったのかもしれない。

「だったら、誰か好きになれる人を見つけるしかないだろう。君は私から、その希望すら奪おうと言うのか」

胸が詰まる。

「真唯……」

ふいに、彼女の声が蘇った。

『――恋人などになれないと断られた相手に、いつまでも優しくし続けなければならない私の辛(つら)さも、君にわかってほしかったのだ』

もしかしたらわたしは――自分が思っている以上に――真唯をひどく傷つけてしまったのか

もしれないと、そのとき初めて気づいた。

　真唯はこめかみに手を当てながら、極めて落ち着いた声を出す。

「だから、もういいんだ、れな子。ありがとう。君と過ごした日々は楽しかった。最後に仲のいい『友達』として、どうか次の恋が成就(じょうじゅ)するように祈っていてくれ」

　この日、真唯は髪を結んでいた。

　頑(かたく)なで、他者を寄せつけない強さをもつ、王塚真唯という偶像。

　これが真唯にとっての、友達の距離なのだ。

「私も君の幸せを心から願っている。なにか困ったことがあれば、いつでも言ってくれ。一度は本気で愛した君のためだ。地球の裏側からでも駆けつけるよ」

「待ってよ。……だったら、わたしと真唯の勝負は」

「どちらでもなかったな」

　真唯の瞳が儚(はかな)げに揺れる。

「私と君はもう、ただの他人(ともだち)だ」

　わたしは手を伸ばした。

　真唯は思わずわたしを見返す。

「れな子――」

「やだ」

手を伸ばして。

わたしは、真唯の結ばれていた髪をほどいた。

ぱぁっと金色の輝きが舞う。

金髪が乱反射する水面の光に照らされて、解き放たれたようにきらめいた。

「……れな子？」

「まだ、終わってない……。勝手に、決めないで」

わたしたちの視線が、ようやく交わる。

真唯がめんどくさい女だっていうのは、もうとっくにわかってる。

けどさ、わたしだってやるときはやる女なんだよ。

そうじゃなきゃ、真唯の『親友』は務まらないんだから。

「紗月さん言ってたよ。王塚真唯は、真唯自身が思っているほど立派な女じゃないって。わたしも同感」

「たとえ違っていても、私は立派であろうと努めている。紗月に侮られるのは不本意だ」

「……性欲に抗えなかったくせに」

真唯が目の色を変えた。

まるで急所を撃たれたみたいに、彼女は歯を食いしばる。

「っ！　だから私は、もう二度と君を傷つけないように！　失敗しないようにって！　そのために、君を――」

　初めてわたしは。

　真唯に自分からキスをした。

　触れ合うだけの、一瞬のキス。

　他にお客さんがいるのに、なんてことをしちゃったんだろうって思う。

　だけど真唯は、ただそれだけで固まった。

「君を……諦めようと、したのに……」

　見開かれた彼女の瞳に映り込むわたしが、こわばった顔で笑う。

　もっと真唯みたいにきれいな笑顔を見せたかったけど、ほんと決まらない。

　けど、ちゃんと伝えるんだ。

「別に、いいじゃん、何回失敗したって。わたしは真唯が何回失敗したって、ぜったいに受け入れるって言ったのに……。わたしのこと信じてないのは、真唯も一緒じゃん」

「しかし」

　真唯の語気は明らかに弱い。

　あのスパダリがキスされただけで大人しくなるなんて、なんか笑っちゃう。

「わたしなんて毎日失敗ばっかりの人生だよ」

「しかし、ベッドに入ると何度でも思い出すんだ……。君に頬を張られたあの瞬間を」

「それももう言った。ベッドの中の大反省会でしょ。わたしなんて毎晩だし」

額をくっつけて、言い聞かせる。

「ごめん、わたしももっと早く言わなきゃいけなかった。フェアじゃなかったよね。だから、ごめん。わたしも悪かったの」

「なにを……？」

恥ずかしい。

「実はわたし……真唯のこと、けっこう気になってる」

「……………それは？」

普段の真唯相手なら、ぜったいに言わないようなことだけど。

……きょうは、仕方ない。わたしをからかうこともできないぐらい、弱っているみたいだし。

「真唯にキスされてから……真唯を、恋愛対象として意識してるってこと……」

ちらりと、真唯の様子を窺うと。

彼女は顔を赤くしていた。

「そう、なのか？　私のことが、嫌いになったんじゃないのか？　だから叩いたんだろう？」

「あれは、真唯がやりすぎたから……もっと、時と場所をわきまえてほしい」

「信じられない」

真唯は手のひらで顔を覆った。

「私はもう、なにもかもが駄目になったと」

「一度ケンカしただけじゃん……」

彼女の綺麗な声が震える。

「もっと」

「え？」

「ちゃんと私が信じられるように、言ってくれ。もっと」

「うえぇ？　それは恥ずかしいっていうか」

真唯がじっとこちらを見つめている。

すがりつくような、弱々しい視線で。

ず、ずるい。

「……ああもう、わかったってば、真唯」

そんな顔されたら、断れない。

まったくもう。

「最初はずっと、めちゃくちゃ美人な真唯にビビってたけどさ……。うちで抱きしめられたとき、もしかしてほんとに、ただわたしのことが好きなだけなのかな、って思えて」

この一ヶ月の出来事を、遡る。

わたしと真唯が恋人であり、親友でもあった、この六月を。

「それからふたりでお台場に行ってはしゃいで、そのあとホテルで……あんなこと、されてさ。意識しちゃうの当たり前じゃん。わたしだって初めてだったんだし、真唯のこと考えるたびにドキドキしたりして……」

わたしたち、なんで水着姿でこんなこと言い合っているのか。

あまりに恥ずかしくて、真唯の顔を見返すことができない。

「海外に行く前にちょっとだけふたりっきりになれたのも、帰国を早めて会いに来てくれたのだって、たぶん、きっと、嬉しかったっていうか……嬉しかった」

体が熱くて、燃えちゃいそうだ。

「だから、真唯に押し倒されたとき、ほんとは別にいいかなってどこか思ってたっていうか……。流されちゃっても、きっとそんなに後悔しなかったからだろうから、あんな風に真唯を中途半端に受け入れて、ふたり傷つけ合っちゃったんだよ」

それもこれもぜんぶ、わたしが恋心を隠していたから。

「ごめんね、真唯。けっこう……好きだよ、真唯のこと」

自分で言ってみて、その言葉の重さにぶるっと震えてしまった。

『親友』にではなく、『恋人』に初めて告げるわたしの本音だ。

「あのー……さすがに、そろそろ限界なんですけど、もう、いいかなー……?」

顔色を窺うみたいに恐る恐る顔を上げる。

すると、真唯はまだうつむいたままで。

「れな子……私はそんな君のことを、傷つけてしまって」

これだけ言っても、伝わってくれないわけ!?

「ああもう！」

いい加減にしろ、という気持ちで。

わたしは真唯の手を摑んで、立ち上がらせる。

「あのね、真唯。わたしは真唯みたいに屋上から飛び降りる人を助けたり、空を飛んだりできないけどさ」

「え？」

「けど、一緒に雨に打たれたり、濡れたり潜ったりするぐらいのことはできるんだから。一方的に守ったり、守られたりするわけじゃなくてさ。それが真唯の言う『恋人』だし、わたしの言う『親友』でしょ！」

真唯の手を引っ張ってプールサイドまでやってきたわたしは。

「あんたが王塚真唯なら――わたしは甘織れな子なんだから！」

そう言い切って、真唯とともにプールに飛び込んだ。

ざっぱんと水しぶきを上げて、わたしたちは水中へと沈み込む。

風に舞う綿毛のように広がる真唯の髪。彼女は水の中で目を開けて、わたしを驚きながら見つめている。

ここなら誰も見ていない。恥ずかしくない。

だからわたしはその頰に手を添えて、キスをした。

重力のない蒼の世界で、わたしたちはしばらく唇を重ね合わせた。

真唯もわたしの背中に手を回して、抱き合いながら、ふたりはひとつになった。

そうして、水面から顔を上げる。

言葉を取り戻す。

けれど、きっともう言わなきゃいけないことなんてなくて。

「伝わったでしょ……真唯」

髪をかき上げながらそう問いかけると、彼女もまたこくりとうなずいた。

「ああ」

水の涼やかさに歯向かうみたいに、真唯の体は熱くなっている。

濡れた髪を肌に張りつけた彼女は、金色のドレスをまとったように美しかった。

真唯はわたしの胸に、頭をもたれさせながら。

「君の気持ちは、伝わった。ほんとうに、ありがとう」

「ん……よかった」

……わたしの鼓動まで真唯に伝わっていたら、恥ずかしいな。

けど、まったく、世話を焼かせちゃって。

「……甘えん坊なんだから、真唯」

「ふふ……そうだな、そうだったのかもしれない。これが私の言う『恋人』で、そして、君の言う『親友』だったんだな」

「まあ」

親友同士はキスとかしないはずだけどね……！

真唯は手のひらをわたしの顔に押しつけてきた。目隠しされて、前が見えなくなる。

「えっ、ちょっとなに」

「けれど、私は王塚真唯だ」

知ってる。

「ここで君に涙を見せるわけにはいかない。しばらくそのままでいてくれ」

「え……いいけど……」

なに、その自分ルール……。

ほんとめんどくさいやつ。

仕方ないけどね。こんな女が気になっちゃってるのは、わたしだし。

「なあ、れな子」

「なんですかー」

「さっきも言ったな。ベッドの中で嫌なことを思い出すのを、君は毎晩行なっていると」

「うん」

「すごいな、私じゃない人たちは……。夜な夜なそんな思いをして、よく生きていける」

「ちょうど今、死にたくなったけどな!?」

手のひらが外れて、光が差し込んできた。

太陽のような、綺麗なきらめきが映る。

それは、真唯の微笑みだった。

「だから君は、そんなにも優しくて、強いんだろうな」

「……それは」

目を逸らす。

「反則……」

「ふふ」

ま、いいけど……。真唯が元気になってくれたなら、さ。

「だから、まだ勝負は継続してよ。あと一週間しかないけど」

「わかった。存分に相手をしよう」

真唯はプールサイドに上がり、わたしもその横に座った。

握った手は恋人繋ぎだけど、今だけはこの指の感触がきもちいい。

わたしも笑みをこぼす。

「勝ちの目が出てきたとわかった途端、元気になってさ。現金なんだから」

「嬉しいさ。運命の君が、こうして姫を迎えに来てくれたんだからな」

そんなキザなセリフが似合う真唯も、涙を見せまいと手のひらで目を覆ってくる真唯も、どっちもわたしの好きな真唯なんだよなあ。

……付き合うとか、愛してるとかは、正直、まだよくわかんないけど。

「じゃあ、これで仲直りってことでいいよね」

「ああ、仲直りだ。私は君を傷つけた。君は私を引っ叩いた。お互い様ということで、水に流すとしようじゃないか」

「うん」

わたしはホッとして笑みを浮かべた。

よかった。ほんとに、よかった。

安堵したら急に、現実的な問題が襲いかかってくる。

「そうだ！　だったら、恋活パーティーもやらないんでしょ？　集めた人どうするのさ。あんなにたくさん」

「事情を説明して帰ってもらうよ。私はもう元気になったから必要ない、と」

「ひどくない!?」

叫ぶと、真唯は誰よりも彼女らしく、自分勝手に微笑んだ。

「なにを言っているんだ。彼らは喜ぶに決まっている。なんといっても、大好きなこの私が元気になったのだからな。当たり前だろう？」

こいつ……。

ほんと、どこまでも誰よりも王塚真唯な女！


プールから上がった真唯はわたしの言いつけ通り、渋々ながらみんなの前で謝った。

その後、なぜか真唯が「お詫びとして、私が一曲歌おう」とギターの弾き語りを披露すると、それはライブさながらの盛り上がりを見せた。

真唯の歌唱力はプロ並みで、配られたペンライトを振る最前列の香穂ちゃんを眺めながら、わたしは呆れた声でつぶやいた。

「なに、これ……」

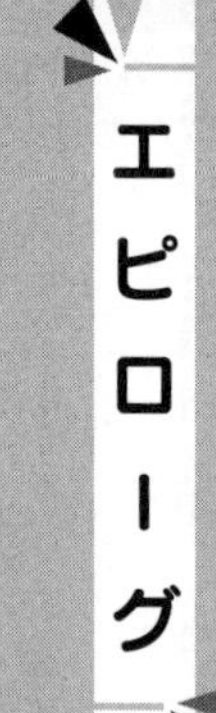

エピローグ

ひとまず、あれからいろんなことがあった。

紗月さんには、真唯と仲直りしたこと。それに真唯の貞操が無事だったことを伝えると、『そう、よかったわね』とだけ返事をもらった。

無愛想な紗月さんのそっけない言葉から心情を推察するのはめっちゃ難しいけど、きっと紗月さんもホッとしてくれていることだろう。

『なんてったって、紗月さんは真唯のこと大好きだもんね！』と笑顔でイジってみたら、紗月さんに文庫本の角で叩かれた。まだまだわたしに紗月さんの相手は難しいようだ。

香穂ちゃんには真唯との関係を誤解されたままだし、紫陽花さんの家にはまだ遊びに行けていない。紗月さんと真唯は今でも冷戦状態だし。

わたしたち五人グループは表面上元通りになったけれど、実は中身はしっちゃかめっちゃかだったりする。

けど、あの日わたしがベッドの中で見たＳＮＳの楽しそうな光景だって、ほんとはその笑顔の裏にいろんなことがあるんだと思う。

わたしは紗月さんとやりあって、紫陽花さんと友達になって、香穂ちゃんに勘違いされ、そして、真唯とケンカして。

必死にその場を取り繕うだけの学校生活なんかじゃなくて、ようやく、本当の意味で高校デビューができたのかもしれない。

という感じで……。

いよいよ、六月末。

わたしと真唯の勝負の決着の日がやってきた。

実は意外とみんな屋上の鍵を持っているという話を紗月さんから聞いてしまったので、わたしと真唯は違う場所で密会することにした。

それは――真唯の家だ。

お城みたいにばかでかいマンション。真唯はその最上階である二十五階のペントハウスに住んでいた。駐車場から専用エレベーターが繋がっており、到着したところがそのままお部屋になっている、みたいな。

ウケる。真顔だけど。

「やっば……」

わたしこの子にアプローチされているの？　やっぱりドッキリでは？

香穂ちゃんの『顔！　金！　暴力！』みたいな叫びが脳内をガンガン叩く。

「どうした？　客間はこっちだぞ」

「客間がある家、初めて見たな……」

学校が終わった後なので、先に帰っていた真唯はラフな普段着にお着替え済み。シルクみたいなシャツに、細身のパンツルック。髪はもちろんきれいにまっすぐ伸ばしている。

まるでダンスフロアみたいにもののない部屋を通り過ぎて、目的の部屋へ。うっ、廊下に絵が飾られたり、高そうなツボが置いてあったりする……。

「なんか真唯の体内の中に飲み込まれたみたいな気分だ……」

「ははは、いつまでも一緒にいられるな」

「サイコパスか!?」

腹部を幸せそうに撫で回す真唯に、思わず悲鳴をあげる。

客間には大きなソファがふたつテーブルを挟んで置かれていた。その片方、真唯の向かいに座ろうとすると、手を引かれる。そのまま、彼女の隣に座らされた。

「取引みたいに話すこともないだろう。君は私の隣がいい」

「う、うん、いいけど……」

距離が近くて落ち着かない。しかも手を握られているし、片方の手はスカートの上からふとももに当てられている。ペットのシャム猫じゃないんだから。

「ていうか、他におうちの人は」

「お手伝いさんがふたりいるけれど、今は外出中だな。ママは帰ってこないよ。お望みなら、今宵はずっとふたりきりにもなれるけれど」

「いいえ、大丈夫！　話が終わったらすぐにお暇しますんで！」

「なんだ、つれないな」

ひい、うなじにキスされた。

「す、ストップ、ストップ！　先走り、ダメ！　まずはお話から！」

真唯の手を振り払って、拳ふたつ分、距離を取る。真唯は残念そうに肩をすくめた。

「それじゃあ、本題に入るとしようか。この一ヶ月、いろんなことがあったな」

「そ、そうだね」

「友達と恋人をそれぞれ、同程度の期間、過ごしたわけだけど」

「それはウソだ！　騒動があってから、あの後もずっと髪結んでこなかったじゃん!?」

「お互い、まだまだやり残したことばっかりだな」

「ばっかりだよ！　友達期間短すぎてな！　おい無視するな！」

真唯は相変わらずだった。というか、わたしに意識されていると自覚してからは、ますます調子に乗った気がする。

いくら真唯のためとはいえ、あんなに好き好き言うべきじゃなかったんだ。今になって後悔しても遅いけど！

「さて……それじゃあ、早速だ」

真唯は手をこちらに向け、促してくる。

「君の答えを、聞かせてくれ」

「……うん」

いよいよやってきた。この日が。

真唯はすでに自分が選ばれると確信しているような微笑みだ。

わたしがさんざん真唯に体を弄ばれ、キスだって自分からしちゃった今、なぜ『親友』を選ぶ必要がある？　と。

だけどわたしは、自分の心にウソをつく気はないからね。

真唯のこと、ちゃんと信じているんだから。

「あのね」

「ああ」

「やっぱりわたし……恋人ってまだ、よくわからない」

真唯の笑顔がひび割れた。

愕然とされる。

「なんだと……？　あれだけ私の心を奪っておいて、君はファム・ファタールか……？」

「いや、あの！」

　両手を突き出す。

「誤解ないよう言いますと、別に真唯を弄んでいたとかではなく」

「私の恋人探しを中断させておきながら……」

「あんなの当たり前でしょ！　真唯がほんとに好きな人とちゃんと付き合おうっていうんだったら、わたしだって応援するよ！　……たぶん」

　目を逸らして口を尖らせながら言うと、真唯はため息をついた。

「そういうそそる表情を私に見せておいて……」

「勝手にそそられているのはそっち側！　わたしのせいじゃない！」

　だいたい、それもこれもぜんぶ真唯のせいなのだ。

「友達でやりたいことは、まだまだ残っているんだからね!?　真唯がぜんぜん髪結んでこないからさあ！」

「恋人になってからやればいいだろう！」

「ムリだから！」

「なぜ!?」

「だって」

そこではたとわたしの勢いが止まる。

「……だって？」

聞き返され、顔が熱くなってくる。

だってきっと、恋人になったら真唯に嫌われたくなくて、友達同士の明るいノリとかが、もしかしたら……できなくなってしまうかもしれないし。

それに、真唯が誰かとふたりでいるときには嫉妬してしまったり、仕事で海外に行って長く会えない時間が続いたら、寂しくて泣いちゃうかもしれない。

いろいろなものが今とは大きく変わってしまう。

学校生活を送ることが精一杯の未熟なわたしでは、きっとまだ、耐えられない。

だから。

「……わたしは、真唯とは親友がいい」

「……」

そう告げると。

真唯は静かに、物事を受け入れたような顔をした。

「そうか」

その声は、今まで聞いた中で一番感情の込められていないつぶやきだった。

「だけど」

うなずく真唯に、わたしはうつむきながらぼそぼそと。

「真唯のことは好きだし……親友として、真唯がしたいことはさせてあげたいって思うから
……その……」

上目遣い（うわめづか）いで見やると、真唯は目をぱちぱちとさせて。

「その？」

「だから、その……親友以上、恋人未満ということで！　どうでしょう！」

自分でもむちゃくちゃ言っているのはわかるから、勢いで押し切ろうと声を張りあげる。

「とりあえず、真唯に他に好きな人ができるまで！　わたしたちは、親友かつ恋人の……そう、いわ、れまフレになる、とか！　どうかな！」

「れまフレ」

「れな子と真唯の新たな関係性……ということで……」

大幅に滑ってしまったような沈黙がつらい。

「それは」

真唯は顎（あご）をさする。

「……ずいぶんと往生際（おうじょうぎわ）が、悪くはないか？」

「うぐ」

そのとおりだ。

　わたしにはまだ、この先に進む勇気も自信もない。

　高校デビューのときは、たっぷりと自分を磨く時間があったけど……やっぱり、一ヶ月は期間が短すぎた。そんなに急に変われるほど、わたしは器用じゃなかった。

　だけどさ、今回の一件では真唯を追いかけ回して仲直りしたりして、わたしはけっこうがんばったって自覚もあるんだよね。

　なので、もしかしたら。

　いつかは真唯とこの先に進めるかもしれないから。

　真唯の言う『恋人』がわたしにとっても、いいなって思えるかもしれないから。

　というわけで――。

「どう、でしょうか……？」

　スパダリに『保留』を提示だなんて、そんな恐れ多い真似するような無礼者、世界でもきっとわたしぐらいだろう……。

「まさか、親友でも恋人でもない、第三の選択肢を突きつけられるとは」

「あ、あんただってやったじゃん……一度、『どちらでもない、他人（ともだち）だ』って……」

　真唯は顔を手で覆（おお）っていた。

「……あ、呆（あき）れて物も言えない感じ？　だったら、その、やっぱり――」

「いや」

真唯はわたしの言葉をさえぎって。

「正直、想定通りにはいかなかったし、君をきっちり落とせなかったのは私の力量不足だ。私もずいぶんと迷惑をかけてしまったしな。だから、仕方ない」

不意打ちで、真唯は正面からわたしを抱きしめてきた。

「ひえ」

「まったく、君ほどに手強い相手は私の人生で初めてだよ。面白い女の子だな」

「いや、あの、私たちこれまでフレなんで、こういう行ないは」

「親友なのに私のしたいことはさせてくれると言う。それって世間的にはセフレって言うんじゃないのか？」

「いや、わたしたちの関係の名前は、わたしたちが決めることなんで！」

キスされそうになるのを寸前で避ける。

「……ふむ、なるほどね」

「あっ、ちょっ、耳は反則では!?」

避けたそのままに、耳を甘噛みされた。ち、力が抜ける！

「どちらにも決め切れなかった君にも、ずいぶんと後ろめたい気持ちがあるようだからね。だったら、また勝負をしないか？」

「しょ、勝負？」

耳に息を吹きかけないでほしい。ゾクッとするから。

「ああ、君はれまフレを主張し、私は改めて恋人になれるように努める。私はまだまだ君を諦める気はないからな。期限は、そうだな」

真唯はわたしの眼前で微笑みながら。

「私たちが卒業するまで、というのは？」

わたしはその笑みに射すくめられる。真唯の放つ圧迫感にも、今は少しだけ耐えられるようになった。けれど、対等にやりあえるのはまだまだ先のようだ。

「わ、わかった。いいよ、受けて立つよ。ていうか恋人なんかより、絶対に友達関係のほうがいいってわかってるけどね、わたしは」

そう言っている最中、ひょいと重力が消失する。抱き上げられた。

お姫様抱っこだ。

「えっ、ちょっ？」

真唯はわたしを抱き上げたままどこかへと向かっていく。

「な、なになに!?　こわいんだけど！」

ジタバタ暴れて落とされるのもこわくて震えていると、しばらく歩いた真唯によって、クッションのようなものの上にそっと降ろされた。

これは、めちゃめちゃでかいベッドだ。

ベッド……ベッド？

「えっ、なにこれ、漫画みたいな天蓋つきベッド！」

「私の寝室だよ。さっそくだけど、勝負を始めようじゃないか。恋人同士の睦み合いをね」

「急すぎませんか!?」

真唯がわたしのリボンを外そうと手を伸ばしてくる。

「期間は卒業までだけど、きょう一日で決着をつけてあげよう」

不敵な笑みがわたしの顔の前いっぱいに広がる。

すぐにわたしの唇は、柔らかな感触によって塞がれた。

久々のキスは甘くて、真唯の味がする。

「あ、あの……」

「ちなみに、れまフレっていうのは、どこまでするんだい？」

「キスまで！　友ちゅーまでかな！」

真唯は容赦なくわたしのシャツのボタンを、一個ずつ外してくる。おいこら！

「なるほど。だったらどう考えても恋人同士のほうがいいのでは？」

「あんたはそうでしょうけど！」

下着をあらわにされて、慌てて胸を隠そうとした手は、やんわりとどけられてしまった。

あっ、これ前と同じ展開だ！　流される！

「わたしはそんなチョロい女じゃないから！」

と、口では虚勢を張るけれど。

「れな子は本当にかわいいな」

「いやいや、いやいやいやいや……」

めちゃくちゃ恥ずかしい。

「だめ、だめだめ！　まだ恋人じゃない！　きょうはインターバル！　勝負はまた明日、七月からね！」

「……そうか」

すると、真唯はあっさりと手を止めた。

意外に思って見返すと、余裕たっぷりに微笑んでいたりして。

こ、こいつ……。

「してほしいなら、いくらでもしてあげるのにな」

「立場逆転したつもりか！」

わたしの全身を包み込むようにして抱きしめながら、真唯は耳元にささやく。

「私の恋人になれば、こんな毎日が続くんだよ。君だけを見て、君だけに愛を注ぐ日々さ。このベッドでふたり、いつまでもたゆたうように裸で抱き合おうじゃないか」

「こ、これが毎日……」

真唯の完璧な造形の笑顔を見上げて、生唾を飲み込む。
そんな幸せをこの真唯に与えられたら、頭どうにかなっちゃいそう。
シーツを引き寄せながら、わたしは叫んだ。
「だったらやっぱり親友じゃないとムリ！」
こうして、わたしと真唯の勝負が終わり……。
そしてまた、新たな戦いが始まるのであった。

あとがき

ごきげんよう、みかみてれんです。

このたび初めて、商業で女の子同士の恋愛についてのお話を書かせていただきました。

GA文庫で二月十四日に発売した『**女同士とかありえないでしょと言い張る女の子を、百日間で徹底的に落とす百合（ゆり）のお話**』が同人誌からの拾い上げであることを考えると、
本格的に商業参戦したのはこちらの『**わたしが恋人になれるわけないじゃん、ムリムリ！（※ムリじゃなかった!?）**』こと、略称『**わたなれ**』ということになりますね！

ところで、かわいい女の子が恋をしている姿って、かわいくないですか？（かわいい）照れて頬を染めたり、好きな子のために努力したり、かわいいですよね（かわいい）。だったら**かわいい女の子がかわいい女の子に恋をすれば、二倍かわいいのでは……!?** という、アルキメデスもびっくりのエウレーカを体現したのが、この作品です。

実際、女の子だってかわいい女の子のことが好きなんですよ。

クラスで人気のあの子や、テレビで見る顔がいい女優さん、アイドル。明るく優しい、そういった子とお友達になれたら、毎日どんなに楽しいことか。

いやでもちょっと待って。だからってわたしに好意を向けてくるのは違くない!?　と。

そんな主人公の悪あがき……もとい、信念を貫く様子をたっぷり描いてみました。


本作は、理想の友達を求める主人公れな子と、理想の恋人を求める真唯が、すれ違いながら妥協点……もとい、ふたりにとって最高のハッピーエンドを目指すお話です。

もちろん、お互い譲れないものはたくさんあります。だからこそ、少しでも相手をこっちの陣地に引きずり込もうとするドタバタ綱引きが催されるんですが……。

そう、この真唯ってやつ、綱引きがめちゃくちゃ強い。というか人間性能が高すぎる。美人でカースト頂点。完全にSSR。れな子程度では本来、太刀打ちできません——が!

れな子にはたったひとつ、強力な武器がありました。

そう、それが**惚れられた強み!**

……ではなく、なんかこう、勇気とか、諦めない心とか、主人公が持ちがちなそういうやつです。れな子にあるのか……?　いやそれは読んでくださった皆様が判断してください!

二〇二〇年。時代も元号も変わったこのタイミングに、少しだけ変わったこのラブコメを、あまり深く考えず、いっぱい楽しんでいただけたら幸いです!

と、なんとなく落ち着いたので、いつもの謝辞です。

今回、快くイラストを引き受けてくださった竹嶋えくさん、誠にありがとうございます。はるか昔からファンでした……。真唯のゴージャス&キューティーなデザイン、またこの世のどこかにいる甘織れな子を模写して描いたかのような存在感のあるれな子……。愛らしいキャラの数々、大好きです。

また、わたしをお誘いくださった編集K原さん。商業で百合に挑戦することを迷っていたわたしの背を押していただいて、本当にありがとうございます。いつもご迷惑ばかりおかけしておりますが、おかげでたくさんの素敵な出来事がありました。これからもよろしくお願いいたします。

さらにこの本を作るために関わってくださった多くの方々、さらに普段からわたしを支えてくださる各作家方、誠にありがとうございます。

そしてなによりも、この本をお手にとってくださった方や、この本を売るためにがんばってくださった書店員の方々に、大きな感謝を。

みなさんのおかげで、きょうも明日もたぶんその先も、みかみてれんはとうぶん生きていけます。どうか読んだ後に、なんだか楽しい気分になっていただければ幸いです。

それでは、またどこかでお会いできることを願って！　みかみてれんでした！

あとがき
初めまして
竹嶋えくと申します。
みかみてれん先生の百合ラノベの
イラストを担当させていただけて
とても嬉しいです!!
どのキャラクターもすごく魅力的で
キャラデザから作画までとても楽しく
作業させていただきました
てれん先生の素敵な作品を
少しでも引き立てることができていれば
幸いです。
著者のみかみてれん先生
担当のK原さん
デザイナー様.
本当にありがとう
ございました!!
Takeshima Eku
竹嶋えく。
ちょっぴり
季節はずれですが
サンタコスれな子。

この作品の感想をお寄せください。

あて先　〒101-8050　東京都千代田区一ツ橋2-5-10
集英社　ダッシュエックス文庫編集部　気付
みかみてれん先生　竹嶋えく先生

ダッシュエックス文庫

わたしが恋人になれるわけないじゃん、ムリムリ！（※ムリじゃなかった!?）

みかみてれん

2020年2月26日　第1刷発行
2023年3月31日　第6刷発行

★定価はカバーに表示してあります

発行者　瓶子吉久
発行所　株式会社　集英社
〒101－8050　東京都千代田区一ツ橋2－5－10
03（3230）6229（編集）
03（3230）6393（販売／書店専用）03（3230）6080（読者係）
印刷所　凸版印刷株式会社
編集協力　梶原　亨

ISBN978-4-08-631356-8 C0193

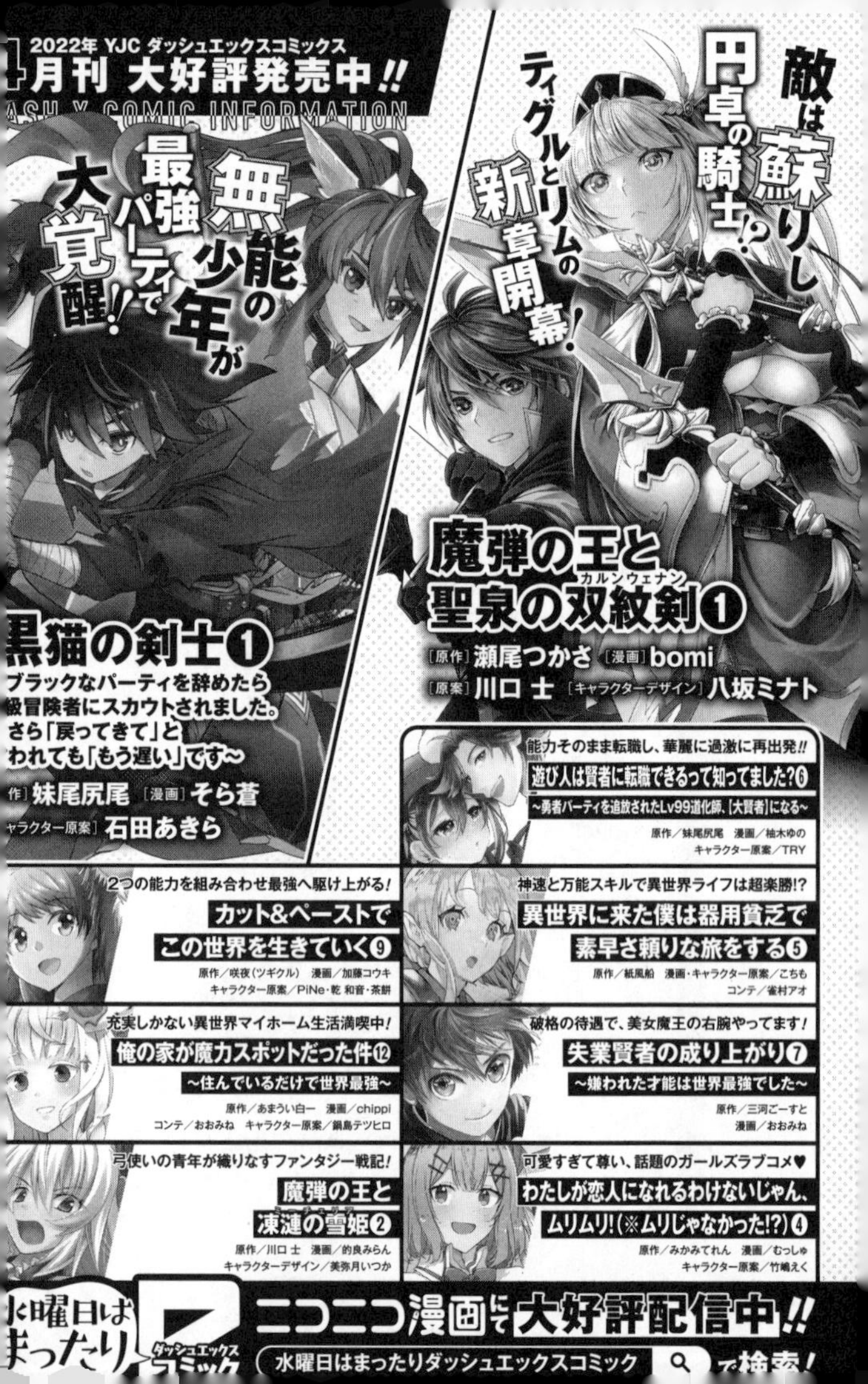